www.ingramcontent.com/pod-product-compliance
Lightning Source LLC
LaVergne TN
LVHW100407051026
849518LV00003B/1170
* 9 7 8 8 1 9 8 1 5 6 6 2 4 *

جنوبی امریکہ سے
کچھ افسانے

انتخاب وترتیب

اشعر نجمی

Bright Books

Janoobi America Se Kuchh Afsane
by Ashar Najmi
Bright Books, Thane, India
1st Edition : October 2024
ISBN: 978-81-981566-2-4

Bright Books

Mira Road East, Dist. Thane, India
nidabattiwala@gmail.com

فہرست

پیش لفظ

اشعر نجمی

زیر نظر انتخاب کو ایک ذاتی انتخاب سمجھا جانا چاہیے۔ بیشتر تراجم مطبوعہ ہیں لیکن ان میں سے کچھ غیر مطبوعہ بھی ہیں۔ دوسری زبانوں سے اردو میں ترجمہ ہونے والے نثر پاروں کی فہرست کافی طویل ہے جس کی ببلیوگرافی تو بنائی جاسکتی ہے لیکن انھیں ایک جگہ اکٹھا کرنا ایک مشکل کام ہے۔ لہٰذا، ہم زیر نظر انتخاب کو ترتیب دیتے ہوئے اس کی لگام کو اپنی گرفت میں رکھنے پر مجبور تھے۔

اس انتخاب پر کام کرتے ہوئے سینکڑوں کتابیں، رسائل، ویب سائٹس، اخباروں وغیرہ میں سے نثر پارے منتخب کیے گئے تھے لیکن اگر ان تمام کو شامل اشاعت کرلیا جاتا تو شاید دس جلدیں بھی ناکافی ہوتیں، لہٰذا سخت ترین انتخاب کے اصولوں کو وضع کرنے کے بعد جو کچھ ہے، وہ آپ کے سامنے حاضر ہے۔

زیر نظر شمارہ انتخاب میں نئے، پرانے اور بہت پرانے ترجمے بھی شامل اشاعت ہیں۔ مطبوعہ تراجم کا لازمی مطلب ہمیشہ یہ نہیں ہوتا کہ وہ تمام قارئین کی نظروں سے گزرے بھی ہوں، چونکہ ہندوستان میں چھپنے والے بیشتر تراجم کی رسائی پاکستانی قارئین تک نہیں ہو پاتی اور اسی طرح پاکستان میں شائع ہونے والے تمام تراجم ہندوستانی قارئین تک نہیں پہنچ پاتے۔ پھر یہ بھی ضروری نہیں کہ اپنے ہی ملک میں شائع شدہ تمام تراجم بھی ہمارے زیر مطالعہ رہے ہوں۔

ہم نے کوشش کی ہے کہ اس انتخاب میں مصنفین کے علاوہ مترجمین کے بھی مختصر تعارف پیش کیے جائیں کہ انھی کے توسط سے ہم تک دنیا بھر کی زبانوں کے نثر پارے پہنچتے رہے ہیں، ان کے اس احسان سے زبانوں کے علاوہ ثقافتیں بھی ثروت مند ہوتی ہیں اور ہم سب ان کے ایک طرح سے مقروض ہیں۔ پھر بھی کچھ مصنفین اور مترجمین کا تعارف ہمیں نہ مل سکا، لہٰذا ہم کوشش کے باوجود بے بس نظر آئے۔

سفر بخیر، جناب صدر!

گیبرئیل گارسیا مارکیز (کولمبیا)

ترجمہ: اجمل کمال

گیبرئیل گارسیا مارکیز ۶ مارچ ۱۹۲۷ء کو کولمبیا میں پیدا ہوئے۔ لاطینی امریکہ کے ناول نگار، صحافی اور مصنف تھے۔ گیبرئیل مارکیز ہسپانوی زبان کے بہترین مصنفوں میں سے ایک تھے اور ان کا ناول 'تنہائی کے سو سال' دنیا بھر میں بہت معروف ہے۔ ۱۹۶۷ء میں شائع ہونے والے اس ناول کی تین کروڑ جلدیں فروخت ہو چکی ہیں۔ مارکیز کو ۱۹۸۲ء میں ادب کا نوبل انعام دیا گیا۔

اجمل کمال کو اگر Man of the Translation کہا جائے تو شاید غلط نہ ہوگا۔ انھوں نے خود نہ صرف ترجمے کیے بلکہ عالمی ادب کے خزانوں کا پورا دہانہ اپنے ادبی جریدہ 'آج' کے توسط سے کھول دیا۔ ۱۹۷۹ء میں شروع ہونے والا کتابی سلسلہ 'آج' اردو کا منفرد جریدہ ہے جس کے ہر شمارے میں دنیا بھر کے ادب کے تراجم شائع ہوتے رہتے ہیں۔ ہندو پاک میں اس کتابی سلسلہ کا اپنا ایک علیحدہ مقام ہے جس کی جگہ آج تک کوئی دوسرا جریدہ نہ لے سکا۔

وہ سنسان باغ میں زرد پتوں کے نیچے ایک چوبی بنچ پر بیٹھا، دونوں ہاتھ اپنی چھڑی کے نقرئی دستے پر رکھے، گردآلود بطخوں کو تکتے ہوئے، موت کے بارے میں غور کر رہا تھا۔ جب وہ پہلی بار جنیوا آیا تھا تو یہ جھیل پُرسکون اور شفاف تھی، مرغابیاں اتنی مانوس تھیں کہ آ کر ہاتھ پر سے دانہ چگ لیتی تھیں اور مستاجر عورتیں اپنے آرگنڈی ملبوسوں اور ریشمی چھتریوں کے ساتھ شام چھ بجے کی تصوراتی مخلوقات دکھائی دیتی تھیں۔ اب جہاں تک وہ دیکھ سکتا تھا، واحد ممکن عورت ویران گودی پر پھول بیچ رہی تھی۔ اس کے لیے یہ باور کرنا مشکل تھا کہ وقت نہ صرف اس

کی زندگی میں بلکہ پوری دنیا میں اس قدر تباہی پیدا کرنے پر قادر ہے۔

بھیس بدلے ہوئے نامور لوگوں کے اس شہر میں وہ بھی ایک ایسا ہی شخص تھا جس نے بھیس بدل رکھا تھا۔ وہ گہرے نیلے رنگ کا سوئی جیسی باریک دھاریوں والا سوٹ، بروکیڈ کی واسکٹ اور کسی ریٹائرڈ مجسٹریٹ کا سا اکڑا ہوا ہیٹ پہنے تھا۔ اس کی متکبر مونچھیں کسی بندوقچی کی سی تھیں، آبی مائل سیاہ بالوں میں رومانوی لہریں تھیں، انگلیاں کسی بربط نواز کی سی تھیں، بائیں ہاتھ کی انگوٹھی والی انگلی میں کسی ایسے شخص کی سی پتلی پٹی بندھی ہوئی تھی جس کی بیوی مرچکی ہو اور آنکھیں مسرت سے لبریز تھیں۔ صرف اس کی جلد کی کسل مندی اس کی صحت کی اصل حالت کو ظاہر کر رہی تھی۔ اس کی عمر تہتر برس تھی مگر اس کے باوجود اس کی خوش وضعی نمایاں تھی۔ لیکن اس صبح، وہ اپنے آپ کو ہر طرح کی خودنمائی کی دسترس سے باہر محسوس کر رہا تھا۔ جاہ وجلال اور اقتدار کا زمانہ ہمیشہ کے لیے رخصت ہو چکا تھا، اور اب فقط اس کی موت کا وقت باقی تھا۔

وہ دو عالمی جنگوں کے بعد جنیوا واپس آیا تھا تا کہ اس درد کی حتمی تشخیص ہو سکے جس کو شناخت کرنے سے مارتینیک کے معالج قاصر رہے تھے۔ اس کا قصد یہاں سے دو ہفتے سے زیادہ ٹھہرنے کا نہ تھا، لیکن تھکا دینے والے ٹیسٹوں اور ان کے غیر حتمی نتائج میں چھ ہفتے گزر چکے تھے، اور ابھی ان کا اختتام دکھائی نہیں دیتا تھا۔ انھوں نے اس درد کو اس کے جگر میں، گردوں میں، لبلبے میں، پرسٹیٹ میں، غرض ہر اس مقام پر تلاش کیا تھا جہاں وہ نہیں تھا۔ مگر یہ اس اذیت ناک جمعرات سے پہلے کی بات ہے جب اس نے نیورولوجی کے شعبے میں صبح نو بجے ایک ایسے معالج سے ملاقات کا وقت لیا تھا جو اس کا معائنہ کرنے والے ڈاکٹروں میں سب سے کم معروف تھا۔ اس کا کمرہ کسی راہب کی کوٹھری سے مشابہ تھا، اور ڈاکٹر خود پستہ قد اور سنجیدہ اور اپنے داہنے ہاتھ کے ٹوٹے ہوئے انگوٹھے پر پلاسٹر چڑھائے ہوئے تھا۔ اس کے روشنی بند کرتے ہی اسکرین پر ریڑھ کی ہڈی کا ایک روشن ایکسرے ابھر آیا، لیکن صدر نے اسے اپنی ہڈی کے طور پر اس وقت پہچانا جب ڈاکٹر نے ایک سلائی کے ذریعے کمر کے نیچے کے دو مہروں کے جوڑ کی طرف اشارہ کیا۔ ''آپ کا درد یہاں ہے۔'' اس نے کہا۔

اس کے لیے یہ بات اتنی سادہ نہ تھی۔ اس کا درد غیر یقینی اور پُرفریب تھا، کبھی اسے اپنی داہنی پسلیوں میں محسوس ہوتا اور کبھی پیٹ کے نچلے حصے میں، اور اکثر اوقات اسے بالکل غیر متوقع طور پر رانوں کے جوڑ پر، اچانک آ لگنے والی برچھی کی طرح لگتا۔ ڈاکٹر اس کی بات متاثر ہوئے بغیر سنتا رہا اور اس کے ہاتھ میں پکڑی ہوئی سلائی اسکرین پر بالکل ساکن رہی۔ ''یہی وجہ ہے کہ اس کی تشخیص اتنے عرصے تک نہ ہو سکی۔'' وہ بولا۔ ''مگر اب ہمیں معلوم ہو گیا ہے کہ اس درد کا مرکز اسی جگہ ہے۔'' پھر اس نے اپنی انگلیاں اپنی کنپٹی پر رکھ لیں اور نہایت قطعیت سے کہا: ''ویسے، جناب صدر، اصل میں تو ہر درد کا مرکز یہاں ہوتا ہے۔''

ڈاکٹر کا معالجاتی انداز اس قدر ڈرامائی تھا کہ اس کا آخری فیصلہ خاصا دردمندانہ معلوم ہوا، ''صدر کو ایک خطرناک اور ناگزیر آپریشن سے گزرنا ہوگا۔'' اس نے خطرے کے امکان کے بارے میں استفسار کیا، اور ڈاکٹر نے اسے غیر یقینی پن کی دھند میں لپیٹ دیا۔ ''ہم یقین سے کچھ نہیں کہہ سکتے۔'' اس نے جواب دیا۔

''کچھ عرصہ پہلے تک،'' ڈاکٹر نے وضاحت کی، ''مہلک حادثات کا امکان بہت زیادہ ہوتا تھا، اور اس

سے بھی زیادہ خطرہ کسی قسم اور مختلف شدت کے فالج کا تھا۔لیکن دونوں جنگوں کے درمیانی عرصے میں ہونے والی طبی ترقی کے باعث یہ خطرات اب ماضی کی بات ہو گئے ہیں۔فکر مت کیجیے،'' آخر میں وہ بولا،'' اپنے معاملات کو درست کر کے ہم سے رابطہ قائم کیجیے لیکن یہ مت بھولیے کہ آپریشن جتنی جلد ہو اتنا ہی بہتر ہے۔''

اس بری خبر کا سامنا کرنے کے لیے یہ کوئی اتنی اچھی صبح نہیں تھی، اور باہر کھلی فضا میں تو ہرگز نہیں۔ وہ ہوٹل سے سویرے ہی اوورکوٹ لیے بغیر نکل آیا تھا، کیوں کہ اسے کھڑکی میں سے چمکتی دھوپ دکھائی دی تھی، اور بوسولیل کی سڑک سے، جہاں ہسپتال واقع تھا، نپے تلے قدم رکھتا ہوا، چوری چھپے محبت کرنے والوں کی اس پناہ گاہ 'باغ انگلستان' میں آ پہنچا تھا۔ وہ گھنٹے بھر سے زیادہ دیر سے یہاں بیٹھا فقط موت کے بارے میں سوچ رہا تھا کہ خزاں کا آغاز ہو گیا۔ جھیل کے پانی غصیلے سمندر کی لہروں کی طرح تہہ و بالا ہونے لگا، اور ہوا کے مغرور جھکڑوں نے مرغابیوں کو خوف زدہ کر دیا اور بچے کھچے پتوں کو اڑا لے گئے۔ صدر اٹھ کھڑا ہوا، اور پھول بیچنے والی سے خریدنے کے بجائے ڈیزی کا ایک پھول عوامی کی کیاری سے توڑ کر اپنے کاج میں لگا لیا۔ پھول بیچنے والی نے اسے ایسا کرتے ہوئے دیکھ لیا۔

''یہ پھول خدا کی ملکیت نہیں ہیں موسیو۔'' وہ تنک کر بولی۔ ''یہ شہرداری کی ملکیت ہیں۔''

صدر نے اسے نظر انداز کر دیا اور تیز تیز قدم اٹھاتا، اپنی چھڑی کو بیچ سے پکڑے اور کچھ کچھ دیر بعد ایک آزادہ روی کے ساتھ اسے ہوا میں گھماتا آگے چل دیا۔ موں بلاں کے پُل پر ہوا کے اچانک چلنے والے جھکڑوں سے پاگل ہوتے ہوئے وفاقی پرچم ممکنہ تیز رفتاری سے نیچے اتارے جا رہے تھے اور کف آلود دلکش فوارے کو معمول سے پہلے بند کر دیا گیا تھا۔ صدر کو ساحل پر بنا ہوا کیفے پہچان میں نہ آیا جہاں وہ اکثر جا بیٹھتا تھا، کیوں کہ داخلے کے دروازے کے باہر لگا ہوا سائبان اتار لیا گیا تھا اور موسم گرما میں بیٹھنے کے پھولوں سے بھرے دالان ذرا دیر پہلے بند کر دیے گئے تھے۔ اندر دن کے وقت روشنیاں جل رہی تھیں اور سازندے موتسارت کی ایک گت بجا رہے تھے جو کسی ہونی کی پیش گوئی سے پُر تھی۔ صدر نے کاؤنٹر پر گاہکوں کے لیے رکھے اخباروں کے ڈھیر میں سے ایک اخبار اٹھایا، ہیٹ اور چھڑی کو ریک پر لٹکا دیا، سب سے تنہا میز پر جا کر سنہری رِم والا پڑھنے کا چشمہ لگا لیا، اور تب اسے احساس ہوا کہ خزاں کا موسم آ پہنچا ہے۔ اس نے عالمی خبروں کے صفحے سے شروع کیا جس پر اسے کبھی کبھار امریکی براعظموں کی کوئی خبر دکھائی دے جایا کرتی ہے، اور بیچ کے صفحوں سے گزرتا ہوا پہلے صفحے پر پہنچا، ویٹرس نے ایوین واٹر کی بوتل اس کے پاس لا رکھی جو وہ روز پیتا تھا۔ اپنے معالجوں کے احکام پر عمل کرتے ہوئے اس نے کافی پینے کی عادت تیس سال پہلے ہی ترک کر دی تھی۔ لیکن ساتھ ہی یہ بھی کہہ دیا تھا: ''اگر کبھی مجھے یقینی طور پر معلوم ہو گیا کہ میں مرنے والا ہوں تو دوبارہ کافی پینے لگوں گا۔'' شاید وہ وقت آ گیا تھا۔

''ایک کافی بھی لے آؤ۔'' اس نے بے عیب فرانسیسی زبان میں حکم دیا، اور اپنی بات کے دوہرے معنی کو محسوس کیے بغیر اضافہ کیا، ''اطالوی قسم کی، اتنی تیز کہ مردے کو جگا دے۔''

اس نے کافی شکر کے بغیر آہستہ آہستہ گھونٹ لے لے کر پی اور پھر پیالی کو طشتری پر الٹا کر کے رکھ دیا تا کہ

کافی کے ذرات کو لکیروں کے ذریعے، اتنے برس بعد، اس کی تقدیر لکھنے کا موقع مل سکے۔ ذائقے کی بازیافت نے ذرا دیر کے لیے اسے اس کے غم ناک خیالوں سے نکال لیا۔ لمحے بھر بعد گویا اسی سحر کی توسیع کے طور پر، اسے محسوس ہوا کہ کوئی شخص اس کی طرف دیکھ رہا ہے۔ اس نے بے خیالی کے سے انداز میں ورق پلٹا اور اپنے چشمے کے اوپر سے ایک زرد رو، شیو بڑھائے ہوئے آدمی کو اسپورٹس شرٹ اور بھیڑ کی کھال کے استر والی جیکٹ پہنے پایا جو فوراً دوسری طرف دیکھنے لگا تاکہ ان کی نظریں نہ مل سکیں۔

اس کا چہرہ پہچانا ہوا تھا۔ وہ دونوں ہسپتال کے برآمدے میں کئی بار ایک دوسرے کے پاس سے گزرے تھے، ایک آدھ بار، باغ میں مرغابیوں کا نظارہ کرتے ہوئے، اس نے اس شخص کو خیابان دلاک پر موٹر اسکوٹر چلاتے ہوئے بھی دیکھا تھا۔ لیکن اسے کبھی اپنے پہچانے جانے کا احساس نہیں ہوا تھا۔ تاہم اس نے اس خیال کو بھی مسترد نہیں کیا کہ یہ احساس جلاوطنی میں ستائے جانے کے بہت سے واہموں میں سے ایک ہو سکتا ہے۔

اس نے اطمینان کے ساتھ اخبار پڑھنا ختم کیا اور اس دوران سازندوں کی چیلو پر بجائی ہوئی برام کی پُر تکلف لہروں پر بہتا رہا، یہاں تک کہ اسے اپنا درد موسیقی کی درد ربائی سے زیادہ شدید محسوس ہونے لگا۔ تب اس نے اپنی چھوٹی سی طلائی گھڑی اور اس کی زنجیر پر نظر ڈالی، جسے وہ اپنی واسکٹ کی جیب میں رکھتا تھا، اور ایوین واٹر کے آخری گھونٹ کے ساتھ دوپہر کے وقت کی دو گولیاں کھائیں۔ چشمہ اتارنے سے پہلے اس نے کافی کے ذروں کی ترتیب دی ہوئی اپنی تقدیر پڑھی اور برف جیسی سرد دہشت محسوس کی؛ اسے ان غیر یقینی لکیروں میں تذبذب کے سوا کچھ دکھائی نہیں دیا تھا۔ آخر کار اس نے بل ادا کیا، کسی کنجوس کی سی ٹپ چھوڑی، ریک پر سے ہیٹ اور چھڑی اٹھائی، اور اس آدمی کی طرف دیکھے بغیر جو اسے دیکھ رہا تھا، باہر سڑک پر نکل آیا۔ وہ مسرور چال سے آندھی کی اجاڑی ہوئی پھولوں کی کیاریوں کے پاس قدم رکھتا گزر رہا تھا اور سوچ رہا تھا کہ اپنی کیفیت سے نکل آیا ہے۔ مگر تبھی اس کو اپنے پیچھے قدموں کی چاپ سنائی دی اور کونے پر مڑتے ہوئے وہ آدھا گھوم گیا۔ تعاقب کرنے والے آدمی کو ٹکر سے بچنے کے لیے فوراً رکنا پڑا اور اس کی چونکی ہوئی آنکھیں چند انچ کے فاصلے سے اسے دیکھنے لگیں۔

''جناب صدر!'' اس نے منھ ہی منھ میں کہا۔

''جن لوگوں نے تمھیں اس کام کی اجرت دی ہے، ان سے کہہ دو کہ زیادہ امید نہ رکھیں۔'' صدر نے اپنی مسکراہٹ یا آواز کی دلکشی کو برقرار رکھتے ہوئے کہا، ''میری صحت بالکل ٹھیک ہے۔''

''یہ بات مجھ سے بہتر کون جانتا ہے۔'' وہ آدمی اپنے سر پر آ پڑنے والے جاہ و جلال کے وزن سے دبتے ہوئے بولا۔ ''میں ہسپتال میں کام کرتا ہوں۔'' اس کی زبان اور چال ڈھال، یہاں تک کہ اس کا بوداپن، اس کے دیہی کریبین ہونے کے غماز تھے۔

''مجھے یہ مت بتانا کہ تم ڈاکٹر ہو۔'' صدر نے کہا۔

''کاش میں یہ کہہ سکتا جناب۔ میں ایمبولینس چلاتا ہوں۔''

''معافی چاہتا ہوں۔'' صدر نے اپنی غلطی کو محسوس کرتے ہوئے کہا۔ ''تمھارا کام خاصا سخت ہے۔''

''اتنا نہیں جتنا آپ کا کام ہے جناب۔''

اس نے دونوں ہاتھوں سے چھڑی کا سہارا لیتے ہوئے اس پر سیدھی نگاہ ڈالی، اور حقیقی دلچسپی کے ساتھ پوچھا، ''کہاں کے رہنے والے ہو؟''

''کریبین کا ہوں۔''

''یہ تو مجھے معلوم ہے۔'' صدر نے کہا۔ ''مگر کس ملک کے؟''

''جس ملک کے آپ ہیں جناب،'' اس آدمی نے کہا اور اپنا ہاتھ آگے بڑھیا۔ ''میرا نام ہومیرو رے۔۔۔''

حیرت زدہ صدر نے اپنا ہاتھ بڑھائے بغیر اس کی بات کاٹ دی، ''خدایا!'' وہ بولا، ''کیسا شاندار نام ہے۔''

ہومیرو پُرسکون ہوگیا۔ ''پورا نام زیادہ اچھا ہے۔'' اس نے کہا، ''ہومیرو رے دلا کاسا۔۔۔ ہومر، کنگ آگ ہز ہاؤس۔''

سڑک کے بیچ میں کھڑا صدر سرمائی ہوا کے ایک تیز جھونکے کی زد میں آ گیا۔ لرزہ اس کی ہڈیوں تک اتر گیا، اور وہ جان گیا کہ اوورکوٹ کے بغیر دو بلاک طے کر کے اسے سستے ریستوران تک پہنچنا ممکن نہیں ہوگا جہاں وہ عموماً کھانا کھایا کرتا تھا۔

''تم کھانا کھا چکے ہو؟'' اس نے ہومیرو سے پوچھا۔

''میں دوپہر کو کھانا نہیں کھاتا۔'' ہومیرو نے کہا۔ ''صرف ایک بار کھاتا ہوں، رات کو اپنے گھر پہنچ کر۔''

''آج کھالو،'' اس نے اپنی تمام شان کو کام میں لاتے ہوئے کہا۔ ''میں تمھیں اپنے ساتھ کھانا کھانے کی دعوت دیتا ہوں۔''

وہ اس آدمی کو بازو سے پکڑ کر سڑک کی دوسری جانب والے ریستوران میں لے گیا جس کا نام سائبان پر زریں حروف میں لکھا ہوا تھا: لبوف کورونے۔ اندر کا حصہ تنگ اور گرم تھا اور کوئی میز خالی دکھائی نہیں دیتی تھی۔ ہومیرو رے، اس بات پر حیران کہ کسی نے صدر کو نہیں پہچانا، مدد طلب کرنے کی غرض سے کمرے کے کونے میں گیا۔

''کیا یہ کوئی قائم مقام صدر ہے؟'' ریستوران کے مالک نے دریافت کیا۔

''نہیں۔'' ہومیرو بولا، ''معزول۔''

مالک تائید کے انداز میں مسکرایا۔ ''ان کے لیے،'' وہ بولا ''میرے پاس ہمیشہ ایک خاص میز ہوتی ہے۔''

وہ دن دونوں کے ریستوراں کے عقبی حصے میں رکھی ایک تنہا میز پر لے گیا جہاں بیٹھ کر وہ جی بھر کر

باتیں کر سکتے تھے۔ صدر نے اس کا شکریہ ادا کیا۔ ''ہر ایک کو تمھاری طرح جلاوطنی کے وقار کی پہچان نہیں ہوتی،'' وہ بولا۔

اس ریستوراں کی مخصوص چیز گائے کی سکی ہوئی پسلیاں تھیں۔ صدر اور اس کے میزبان نے دوسری میزوں پر سکے ہوئے گوشت کے پارچوں کو دیکھا جس پر چربی کی پتلی سی تہہ چڑھی ہوئی تھی۔ ''کیا شاندار گوشت ہے،'' صدر نے مدھم آواز میں کہا۔ اس نے ہومیرو کو عیار آنکھوں سے دیکھا۔ ''درحقیقت مجھے ہر چیز منع ہے۔''

''آپ کو تو کافی بھی منع ہے۔'' ہومیرو بولا، ''مگر آپ پیتے ہیں۔''

''تمھیں پتہ چل گیا؟'' صدر نے کہا۔ ''مگر آج کا دن خاص ہے، اس لیے میں نے اپنا معمول ترک کر دیا تھا۔''

اس روز اس نے فقط کافی ہی کے سلسلے میں اپنا معمول ترک نہیں کیا۔ اس نے گائے کی سکی ہوئی پسلیاں بھی منگوائیں اور زیتون کے عرق میں ہلکا سا بھیگا ہوا تازہ سبزیوں کا سلاد بھی۔ اس کے مہمان نے بھی یہی کچھ منگوایا، اور اس کے ساتھ پینے کے لیے سرخ وائن کا نصف قرابہ۔

جس وقت دونوں کھانے کا انتظار کر رہے تھے، ہومیرو نے اپنی جیب سے بٹوا نکالا جس میں کوئی رقم نہیں تھی اور بہت سے کاغذ تھے، اور صدر کو ایک مٹتا ہوا فوٹو گراف دکھایا۔ صدر نے خود کو قمیص میں ملبوس، اب سے چند پاؤنڈ کم وزن، اور سیاہ بالوں اور مونچھوں کے ساتھ پہچان لیا۔ اس کے گرد نوجوانوں کا ہجوم تھا جو تصویر میں دکھائی دینے کے شوق میں پنجوں کے بل اٹھے ہوئے تھے۔ ایک ہی نگاہ میں اس نے اس تصویر کے مقام، اور اس نفرت انگیز انتخابی مہم کے نشان کو بھی پہچان لیا، اور اسے وہ منحوس تاریخ بھی یاد آ گئی۔ ''اسے دیکھ کر بہت صدمہ ہوتا ہے،'' وہ آہستہ سے بولا۔ ''میں نے ہمیشہ کہا ہے کہ آدمی حقیقی زندگی سے زیادہ تیزی سے تصویروں میں بوڑھا ہوتا ہے۔'' اور ایک قطعیت کے اشارے کے ساتھ تصویر اسے واپس دے دی۔ ''مجھے یہ موقع اچھی طرح یاد ہے۔'' اس نے کہا، ''ہزاروں سال پہلے، سان کرستوبال دلاکا سامیں، کاک پٹ میں بیٹھے ہوئے۔''

''میں وہیں کا ہوں،'' ہومیرو نے کہا اور تصویر میں دکھائی دیتے ہوئے ایک شخص پر انگلی رکھ کر بولا، ''یہ میں ہوں۔''

صدر نے بھی تصویر میں اسے پہچان لیا۔ ''تم تو بالکل بچے تھے۔''

''تقریباً،'' ہومیرو نے کہا۔ ''میں یونیورسٹی بریگیڈ کے لیڈر کی حیثیت سے جنوبی علاقوں کی پوری انتخابی مہم میں آپ کے ساتھ رہا تھا۔''

صدر نے اس طعنے کا پہلے ہی اندازہ کر لیا تھا۔ ''میں نے بہر حال تمھیں نہیں دیکھا تھا۔''

''ایسی بات نہیں۔ آپ تو بلکہ مجھ پر بہت مہربان ہوئے تھے،'' ہومیرو بولا۔ ''لیکن وہاں اتنے سارے لوگ تھے، آپ کیسے یاد رکھ سکتے ہیں۔''

''بعد میں کیا ہوا؟''

”یہ آپ سب سے اچھی طرح جانتے ہیں،“ ہومیرو نے کہا۔”فوجی انقلاب کے بعد تو معجزہ یہ ہے کہ ہم دونوں یہاں موجود ہیں، آدھی گائے کھانے کو تیار بیٹھے ہیں۔ ایسی قسمت سب کو نہیں ملتی۔“

اس موقع پر کھانا لگایا گیا۔ صدر نے اپنا نیپکن کسی بچے کی بب کی طرح گلے میں باندھ لیا، اور اپنے مہمان کے خاموش تعجب سے لاعلم نہیں رہا۔”اگر ایسا نہ کروں تو ہر کھانے پر ایک ٹائی برباد ہو جائے۔“ وہ بولا۔ کھانا شروع کرنے سے پہلے اس نے یہ دیکھنے کے لیے اچھی طرح گلا ہوا ہے یا نہیں، گوشت کو تھوڑا سا چکھا، اور اشارے سے اطمینان کا اظہار کرتے ہوئے اپنے موضوع پر لوٹ آیا۔”میری سمجھ میں یہ نہیں آیا“ اس نے کہا، ”کہ تم نے اس سے پہلے مجھ سے ملنے کی کوشش کیوں نہ کی، شکاری کتے کی طرح میرا پیچھا کرتے رہے۔“

اس پر ہومیرو نے بتایا کہ وہ اس کو اسی وقت پہچان گیا تھا جب وہ نہایت خاص مریضوں کے لیے مخصوص دروازے سے ہسپتال کے اندر داخل ہو رہا تھا۔ یہ موسم گرما کے وسط کی بات تھی اور اس نے اینٹیلز کا تھری پیس ٹائی سوٹ اور کالے سفید جوتے پہن رکھے تھے۔ کالر میں ڈیزی کا پھول لگا رکھا تھا اور اس کے حسین بال ہوا میں بکھر رہے تھے۔ ہومیرو نے پتہ چلا لیا تھا کہ وہ جنیوا میں تنہا اور کسی مددگار کے بغیر ہے، کیوں کہ صدر اس شہر سے اچھی طرح واقف ہے جہاں اس نے اپنی قانونی تعلیم مکمل کی تھی۔ ہسپتال کی انتظامیہ نے صدر کی درخواست پر داخلی احتیاط کے تمام اقدامات کیے تھے تاکہ اس کی شناخت کا راز افشا نہ ہو۔ اسی رات، ہومیرو اور اس کی بیوی نے اس سے بات کرنے کا فیصلہ کر لیا تھا۔ اس کے باوجود ہومیرو پانچ ہفتے، کسی مبارک موقعے کے انتظار میں، اس کا تعاقب کرتا رہا تھا، اور آج بھی، اگر صدر خود اس کے روبرو نہ آ گیا ہوتا تو اس سے مخاطب نہ ہو پاتا۔

”مجھے خوشی ہے کہ میں تمھارے سامنے آ گیا۔“ صدر نے کہا،”حالاں کہ حقیقت یہ ہے کہ تنہا رہنا مجھے ناگوار معلوم نہیں ہوتا۔“

”یہ ٹھیک بات نہیں ہے۔“

”کیوں؟“ صدر نے خلوص سے پوچھا۔”میری زندگی کی سب سے بڑی کامیابی یہ ہے کہ سب لوگ مجھے بھول چکے ہیں۔“

”ہم آپ کو اتنا یاد کرتے ہیں کہ آپ تصور نہیں کر سکتے۔“ ہومیرو نے اپنے جذبات کو چھپائے بغیر کہا۔ ”آپ کو یوں، جوان اور صحت مند دیکھنا بڑی مسرت کی بات ہے۔“

”جب کہ،“ صدر کسی میلوڈراما کے بغیر بولا،”تمام علامات موجود ہیں کہ میری موت قریب ہے۔“

”آپ کی صحت یابی کے امکانات بہت اچھے ہیں۔“ ہومیرو نے کہا۔

صدر حیرت سے چونک پڑا، لیکن اپنی حس مزاح سے دستبردار نہیں ہوا۔”خدایا!“ وہ چلایا،”کیا حسین سوئٹزرلینڈ میں طبی رازداری کو بالکل خیرباد کہہ دیا گیا ہے؟“

”دنیا کے کسی ملک کے کسی بھی ہسپتال میں ایمبولینس ڈرائیور سے کوئی بات پوشیدہ نہیں رکھی جا سکتی۔“ ہومیرو نے کہا۔

''خود مجھے جتنا کچھ معلوم ہے، وہ ابھی دو گھنٹے پہلے ایک ایسے شخص کی زبانی معلوم ہوا جس کے سوا یہ بات کسی کو معلوم نہیں ہو سکتی تھی۔''

''کچھ بھی ہو، آپ گمنامی کی موت نہیں مریں گے،'' ہومیرو نے کہا۔ ''کوئی شخص وقار کی عظیم مثال کے طور پر آپ کا جائز مقام بحال کر دے گا۔''

صدر نے پُرمزاح تعجب کی اداکاری کی۔ ''خبردار کرنے کا شکریہ۔'' اس نے کہا۔

اس نے کھانا بھی اسی انداز میں کھایا جس انداز میں ہر کام کرتا تھا: بغیر عجلت کے اور بڑی احتیاط سے۔ کھانے کے دوران اس نے ہومیرو کی آنکھوں میں آنکھیں ڈال کر دیکھا اور اس شخص کو احساس ہوا کہ وہ اس کے خیالات کو بھی دیکھ سکتا ہے۔ یادوں سے بھری ہوئی ایک طویل گفتگو کے بعد وہ شرارت کے سے انداز میں مسکرایا۔

''میں نے اپنی لاش کے بارے میں فکرمند نہ ہونے کا فیصلہ کیا تھا،'' وہ بولا، ''مگر اب لگتا ہے کہ مجھے جاسوسی ناولوں والی تمام احتیاطیں کرنی ہوں گی تاکہ یہ کسی کے ہاتھ نہ آ سکے۔''

''اس سے کچھ فائدہ نہیں ہوگا،'' ہومیرو نے جوابی مذاق کیا۔ ''ہسپتال میں کسی راز کی عمر ایک گھنٹے سے زیادہ نہیں ہوتی۔''

جب دونوں کافی پی چکے تو صدر نے اپنی تقدیر دوبارہ پڑھی اور دوبارہ لرز اٹھا۔ اس بار بھی وہی پیغام تھا۔ مگر اس کے چہرے کے تاثر میں کوئی تبدیلی نہ آئی۔ اس نے بل کی نقد ادائیگی کی لیکن اس سے پہلے حساب کوئی بار جوڑ کر دیکھا، بے حد احتیاط کے ساتھ کئی بار رقم گنی اور ایسی ٹپ چھوڑی جو ویٹر کی جانب سے ایک ہونکارے سے زیادہ کی مستحق نہ تھی۔ ''نہایت پُرمسرت وقت گزرا،'' اس نے ہومیرو سے رخصت ہوتے ہوئے کہا۔ ''میں نے ابھی آپریشن کی تاریخ طے نہیں کی ہے، بلکہ یہ فیصلہ بھی نہیں کیا ہے کہ آپریشن کراؤں گا یا نہیں۔ لیکن اگر سب کچھ ٹھیک رہا تو ہم دوبارہ ملیں گے۔''

''اس سے پہلے کیوں نہیں؟'' ہومیرو بولا، ''لزارا، میری بیوی، مال دار لوگوں کے لیے کھانے پکاتی ہے۔ جھینگے اور چاول اس سے اچھے کوئی نہیں پکا سکتا، اور ہم آپ کو جلد ہی کسی رات اپنے گھر دعوت پر بلانا چاہتے ہیں۔''

''مجھے مچھلی بھی منع ہے، مگر میں بڑی خوشی سے کھاؤں گا۔'' اس نے کہا، ''تو پھر کب؟''

''جمعرات کو میری چھٹی ہوتی ہے۔'' ہومیرو نے کہا۔

''بہت خوب۔'' صدر نے کہا، ''جمعرات کو شام سات بجے میں تمھارے گھر پر ہوں گا۔ میرے لیے یہ بڑی مسرت کی بات ہوگی۔''

''میں آپ کو لینے آ جاؤں گا،'' ہومیرو بولا۔ ''اوتلیئر دام، نمبر ۱۴، ریودلند ستری۔ اسٹیشن کے پیچھے۔ درست ہے؟''

''درست ہے،'' صدر نے کہا اور ہمیشہ سے زیادہ شان کے ساتھ اٹھ کھڑا ہوا، ''معلوم ہوتا ہے تم

میرے جوتے کا ناپ بھی جانتے ہو۔''

''یقیناً جناب۔'' ہومیرو لطف اندوز ہوتے ہوئے بولا، ''اکتالیس نمبر۔''

جو بات ہومیرو رے نے صدر کو نہیں بتائی، مگر بعد میں برسوں، سننے پر آمادہ ہر شخص کو بتاتا رہا، وہ یہ تھی کہ ابتدا میں اس کے ارادے اتنے نیک نہیں تھے۔ دوسرے ایمبولینس ڈرائیوروں کی طرح اس کے بھی تدفین کا بندوبست کرنے والے اداروں اور انشورنس کمپنیوں کے ساتھ روابط تھے اور وہ ہسپتال کے اندر خصوصاً کم وسائل رکھنے والے غیر ملکی مریضوں سے اس قسم کا کام حاصل کیا کرتا تھا۔ منافع کم تھا، اور اس میں سے ہسپتال کے ان ملازموں کو بھی حصہ دینا پڑتا تھا جو سنگین بیماریوں میں مبتلا مریضوں کی خفیہ فائلیں فراہم کرتے تھے، مگر ایک جلاوطن اور مستقبل سے محروم شخص کے لیے، جسے ایک مضحکہ خیز تنخواہ میں بیوی اور دو بچوں کا پیٹ پالنا ہو، اتنا بھی غنیمت تھا۔

لزارا داویس، اس کی بیوی زیادہ حقیقت پسند تھی۔ وہ سان حوان، پوئرتوریکو کی رہنے والی ایک چھریرے بدن کی ملاتا عورت تھی جس کا قد چھوٹا اور بدن مضبوط تھا، جلد کی رنگت سوختہ شکر جیسی اور آنکھیں لومڑی کی سی جو اس کے مزاج سے بہت مطابقت رکھتی تھیں۔ دونوں کی ملاقات ہسپتال کے خیراتی وارڈ میں ہوئی تھی جہاں وہ اپنے وطن کے ایک ماہر مالیات کے ساتھ نرس کے طور پر جنیوا آئے اور اس شخص کے پاس ملازمت چھوٹنے پر شہر میں دربدر پھرنے کے بعد سے، ایک مددگار کے طور پر کام کرنے لگی تھی۔ ان کی شادی کی تقریب کیتھولک طریقے سے ہوئی تھی۔ حالاں کہ وہ یوروبان شاہی گھرانے کی فرد تھی، اور وہ بغیر لفٹ کی اور افریقی تارکین وطن سے آباد ایک عمارت کی آٹھویں منزل پر دو کمروں کے ایک فلیٹ میں رہتے تھے۔ ان کی بیٹی باربرا نو سال کی تھی، اور سات سالہ بیٹے لزارد میں ذہنی پسماندگی کی علامتیں موجود تھیں۔

لزارا داویس ذہین اور بدمزاج تھی لیکن اس کا دل نرم تھا۔ وہ خود کو خالص برج ثور کی خصوصیات کا حامل سمجھتی تھی اور ستاروں کے شگوفوں کو پہچاننے کی اپنی صلاحیت پر اندھا اعتقاد رکھتی تھی۔ اس کے باوجود اس کا کروڑ پتیوں کو تقدیر کا حال بتانے کا پیشہ اختیار کرنے کا خواب کبھی پورا نہ ہوسکا۔ دوسری طرف وہ مالدار خواتین کے لیے، جنھیں مہمانوں پر اپنی زبردست انتیلی کھانے پکانے کی صلاحیت کا رعب ڈالنے کا شوق تھا، کھانے تیار کرکے گھر کی آمدنی میں اکثر تھوڑا بہت اور کبھی کبھار اچھا خاصا اضافہ کرلیا کرتی تھی۔ البتہ ہومیرو دردناک حد تک دبو واقع ہوا تھا اور اپنی قلیل آمدنی میں اضافہ کرنے کے خواب نہیں دیکھتا تھا، مگر لزارا اس کے بغیر زندگی کا تصور نہیں کرسکتی تھی جس کی وجہ ہومیرو کی دلی معصومیت اور اس کے مردانہ عضو کی قابل قدر کارکردگی تھی۔ ان کے دن ٹھیک ہی گزر رہے تھے، مگر ہر نیا سال زیادہ دشوار ہو رہا تھا اور بچے بڑے ہو رہے تھے۔ صدر کی آمد کے وقت تک دونوں اپنی پانچ برس کی بچت کو خرچ کرنا شروع کرچکے تھے اور اس طرح جب ہومیرو نے ہسپتال کے گمنام مریضوں میں صدر کو شناخت کیا تو ان کی امیدیں بیدار ہوگئیں۔

انھیں یقین سے معلوم نہیں تھا کہ وہ کیا مانگیں گے، یا کس حق کے تحت مانگیں گے۔ پہلے پہل انھوں نے

تدفین کے مکمل بندوبست کا ٹھیکا حاصل کرنے کا منصوبہ بنایا جس میں لاش کو حنوط کرنے اور واپس لے جانے کے انتظامات بھی شامل تھے لیکن رفتہ رفتہ انھیں اندازہ ہو گیا کہ اس کی موت اتنی بھی قریب نہیں ہے جتنی شروع میں معلوم ہوتی تھی۔ صدر کے ساتھ دوپہر کا کھانا کھانے کے دن تو ہومیرو سخت شکوک میں مبتلا ہو گیا۔

سچ تو یہ ہے کہ ہومیرو یونیورسٹی بریگیڈ یا کسی اور شے کا لیڈر وغیرہ نہیں رہا تھا، اور اس انتخابی مہم میں اس کا کردار صرف اس گروپ فوٹو میں شامل ہو جانے تک محدود تھا جو کسی معجزے سے الماری میں پڑے کاغذوں کے ڈھیر میں سے اس کے ہاتھ آ گیا تھا۔ لیکن اس کا جوش و خروش حقیقی تھا۔ یہ بھی سچ تھا کہ اسے فوجی انقلاب کے خلاف عام مظاہرے میں حصہ لینے کے نتیجے میں ملک سے فرار ہونا پڑا تھا، اگرچہ اب اتنے برس بعد تک جنیوا میں رہنے کا واحد سبب اس کی روح کی ناداری کے سوا کچھ نہ تھا۔ اس لیے ایک آدھ جھوٹ اس کے صدر کا التفات حاصل کرنے کی راہ میں رکاوٹ نہیں بن سکتا تھا۔

ان دونوں کے لیے پہلا حیرت انگیز انکشاف یہ تھا کہ وہ نامور جلاوطن شخص لے گروت کے غمناک علاقے کے ایک چوتھے درجے کے ہوٹل میں، ایشیائی تارکین وطن اور شب بیدار عورتوں کے درمیان مقیم تھا اور سستے ریستورانوں میں تنہا کھانا کھایا کرتا تھا، جب کہ جنیوا ایسے مناسب بنگلوں سے بھرا پڑا تھا جنھیں معزول شدہ سیاست داں اپنی سکونت کے لیے استعمال کر سکتے تھے۔ ہر روز ہومیرو اسے اپنے پچھلے دن کے معمولات کو دہراتے دیکھا کرتا۔ پرانے شہر کی ماتمی دیواروں اور عشق پیچاں کی بوسیدہ بیلوں کے درمیان سیر کرتے ہوئے اس آنکھیں متواتر اس کے تعاقب میں رہتیں اور کبھی کبھی تو دونوں کے درمیان فاصلہ احتیاط کے لحاظ سے خاصا کم ہو جاتا تھا۔ اس نے اسے کالون کے مجسمے کے سامنے گھنٹوں خیالوں میں غرق دیکھا تھا۔ چنبیلی کی آتشیں مہک سے بے حال ہوئے وہ اس کے تعاقب میں پتھر کی سیڑھیاں چڑھ کر بورگ دفور کے اوپر تک گیا تھا، جہاں بیٹھ کر وہ موسم گرما کے سست روغروب آفتاب کا نظارہ کیا کرتا تھا۔ ایک رات ہومیرو نے اسے موسم کی پہلی بارش میں، اوور کوٹ یا چھتری کے بغیر، طالب علموں کے ساتھ روبنسٹائن کے کنسرٹ کی قطار میں کھڑا دیکھا تھا۔ ''میں حیران ہوں کہ اسے نمونیا کیوں نہیں ہوا؟'' بعد میں اس نے اپنی بیوی سے کہا۔ جس سنیچر کو موسم بدلنا شروع ہوا، اس نے صدر کو نقلی فر کے کالر والا ایک خزانی کوٹ خریدتے دیکھا، اور خیابان دیورون کی جگمگاتی دکانوں میں نہیں جہاں مغرور شیوخ خریداری کرتے تھے، بلکہ استعمال شدہ اشیا کے ہفتہ وار بازار میں۔

''پھر تو ہم کچھ نہیں کر سکتے۔'' جب ہومیرو نے اس کا تذکرہ کیا تو لزارا چلا کر بولی۔ ''وہ انتہائی کنجوس شخص ہے جو اپنی خیراتی تدفین کرانے کو ترجیح دے گا اور قلاشوں کے قبرستان میں دفن ہو گا۔ اس شخص سے ہمیں ایک گوڑی بھی حاصل نہیں ہو گی۔''

''ہو سکتا ہے وہ واقعی غریب ہو،'' ہومیرو نے کہا۔ ''آخر اتنے برسوں سے بے روزگار ہے۔''

''آہ، میری جان چڑھتے ہوئے سیارے کا برج حوت میں ہونا ایک بات ہے اور احمق ہونا بالکل دوسری۔'' لزارا بولی، ''سب جانتے ہیں کہ وہ ملک بھر کا سونا لے کر فرار ہوا تھا، اور مارتینیک کا امیر ترین جلاوطن

ہے۔"

ہومیرو، جو اپنی بیوی سے دس سال بڑا تھا، اخباروں میں یہ قصے پڑھ پڑھ کر جوان ہوا تھا کہ صدر نے راج مزدور کی حیثیت سے کام کر کے جنیوا میں اپنی تعلیم مکمل کی تھی۔ اس کے برعکس لزارا کی پرورش حزب اختلاف کے اخباروں کے اسکینڈلوں پر ہوئی تھی جنھیں اس مکان میں بڑا کر کے دیوار پر لگایا جاتا تھا جہاں وہ کمسنی میں کام کرنے جاتی تھی۔ نتیجہ یہ کہ جس دن ہومیرو اس بات پر مسرت سے بے حال گھر پہنچا کہ اس نے صدر کے ساتھ دوپہر کا کھانا کھایا ہے، تو وہ اس دلیل سے مطمئن نہیں ہوئی کہ وہ اسے ایک مہنگے ریستوراں میں لے گیا تھا۔ اسے اس پر بہت غصہ آیا کہ ہومیرو نے ان بہت ساری فرمائشوں میں سے ایک بھی فرمائش نہیں کی جن کا وہ دونوں خواب دیکھ رہے تھے، یعنی بچوں کے لیے وظیفے سے لے کر ہسپتال میں بہتر ملازمت تک۔ صدر کے اس فیصلے سے کہ وہ مناسب تدفین اور شاندار وطن واپسی پر اپنے فرانک خرچ کرنے کے بجائے اپنی لاش کو گدھوں کے سپرد کرے گا، لزارا کی شبہات کی تصدیق ہوتی تھی۔ مگر خبر کے آخری تنکے کو ہومیرو نے گفتگو کے آخر کے لیے بچار کھا تھا: اس نے جمعرات کی رات صدر کو اپنے گھر آ کر جھینگے اور چاول کھانے کی دعوت دی ہے۔

"بس اسی کی کسر رہ گئی ہے،" لزارا چیخ کر بولی، "کہ ڈبوں میں بند جھینگے کھا کر ہمارے ہی گھر میں اس کا دم نکلے، اور ہمیں بچوں کے لیے رکھی ہوئی رقم خرچ کر کے اس کے کفن دفن کا بندوبست کرنا پڑے۔"

آخر کار جس چیز نے اس کے طرز عمل کا تعین کیا، وہ اس کی خانگی وفاداری کا احساس تھا۔ اسے پڑوس کے ایک گھر سے سلور کی تین پلیٹیں اور سلاد کا پیالہ، دوسرے سے بجلی کا کافی پاٹ، اور تیسرے سے ایک کڑھا ہوا میز پوش اور کافی پینے کے برتن ادھار لینے پڑے۔ اس نے پرانے پردے لگائے جنھیں صرف تہواروں کے موقعوں پر نکالا جاتا تھا اور میز کرسیوں پر سے غلاف اتار دیے۔ ایک پورا دن اس نے فرش دھونے، گرد جھاڑنے اور چیزوں کی ترتیب بدلنے میں لگایا، یہاں تک کہ ان کا گھر ایسی حالت میں آ گیا جس کی بالکل الٹ حالت ان کے لیے موزوں ہو سکتی تھی، یعنی جس کی مدد سے وہ اپنے مہمان کو اپنی پُروقار مفلسی سے متاثر کر سکتے تھے۔

جمعرات کی رات کو، آٹھ منزلیں چڑھ کر اپنی سانس درست کرتے ہوئے صدر اپنا خریدا ہوا پرانا کوٹ اور کسی گزرے زمانے کا تربوز کی شکل کا ہیٹ پہنے، اور لزارا کو پیش کرنے کے لیے گلاب کا فقط ایک پھول لیے، دروازے پر نمودار ہوا۔ وہ اس کی مردانہ وجاہت سے اور اس کے شہزادوں کے سے شائستہ ادب آداب سے بہت متاثر ہوئی، مگر سب سے بڑھ کر اس کو وہی دکھائی دیا جسے دیکھنے کی وہ توقع کر رہی تھی: ایک فریبی اور غارت گر شخص۔ اس کو وہ بدلحاظ معلوم ہوا، کیوں کہ اس نے تو اس خیال سے کھڑکیاں بند رکھی تھیں کہ کہیں گھر میں جھینگوں کی بُو نہ بس جائے اور اس نے گھر میں آتے ہی پہلا کام یہ کیا کہ غیر متوقع انبساط سے مغلوب ہو کر ایک گہرا سانس لیا، بازو پھیلا کر آنکھیں بند کیں اور زور سے چلایا، "آہ، ہمارے سمندر کی مہک!" اس کو وہ ہمیشہ سے زیادہ کنجوس بھی معلوم ہوا، کیوں کہ اس کے لیے گلاب کا فقط ایک پھول لایا تھا، جو بلاشبہ اس نے شہرداری باغ سے چرایا ہوگا۔ وہ اسے

بد دماغ بھی معلوم ہوا کیوں کہ اس نے اپنے صدارتی دور کے ان اخباری تراشوں اور اپنی انتخابی مہم کے پھریروں اور جھنڈوں پر بڑی ناگواری سے نظر ڈالی جنھیں ہومیرو نے اتنے خلوص سے لونگ روم کی دیوار پر لگا یا تھا۔ وہ اسے سنگ بھی معلوم ہوا، کیوں کہ اس نے باربرا اور لزارد سے سلام دعا تک نہیں کی جنھوں نے اس کے لیے ایک تحفہ لے رکھا تھا اور پھر کھانے کے دوران دو چیزوں کا نام لیا جن کو وہ بالکل برداشت نہیں کرسکتا تھا۔ کتے اور بچے۔ اسے اس شخص سے نفرت محسوس ہونے لگی۔ لیکن اس کی کریبیئن مہمان نوازی اس کی بدگمانیوں پر غالب آ گئی۔ اس نے ایک افریقی گاؤن پہنا تھا جو وہ خاص موقعوں پر پہنتی تھی، اور سانتیریا کی مالا اور کنگن، اور کھانے کے دوران تمام وقت اس نے کسی قسم کی غیر ضروری حرکت کرنے اور کوئی زائد لفظ بولنے سے پوری طرح گریز کیا۔ وہ میزبان کے طور پر صرف موزوں ہی نہیں بلکہ بہترین ثابت ہوئی تھی۔

حقیقت یہ تھی کہ جھینگے اور چاول اس کے باورچی خانے کی اعلیٰ ترین چیزوں میں سے نہیں تھے، لیکن اس نے انھیں پوری دلجمعی سے تیار کیا تھا اور وہ بہت اچھے پکے تھے۔ صدر نے تین مرتبہ اپنی پلیٹ بھری اور کھانے کی تعریف میں کوئی کسر اٹھا نہ رکھی، اس کے علاوہ تلے ہوئے کیلوں اور ایووکاڈو کا سلاد بھی اسے بہت پسند آیا، اگرچہ وہ ان دونوں کے نوستلجیا میں شریک ہونے سے قاصر رہا۔ لزارا نے میٹھا پیش کرنے تک صرف سننے پر اکتفا کرنے کا ارادہ کیا تھا، لیکن بظاہر بغیر کسی وجہ کے ہومیرو نے خود کو خدا کے وجود کی بحث کی اندھی گلی میں جا پھنسایا۔

"میں خدا کے وجود کو مانتا ہوں،" صدر نے کہا، "مگر اسے انسانوں سے کوئی سروکار نہیں ہے۔ وہ اس سے زیادہ بڑے کاموں میں مشغول ہے۔"

"میں صرف ستاروں پر یقین رکھتی ہوں۔" لزارا نے کہا اور صدر کے ردعمل کو غور سے دیکھنے لگی۔ "آپ کس تاریخ کو پیدا ہوئے تھے؟"

"گیارہ مارچ کو۔"

"میں جانتی تھی،" لزارا فاتحانہ اشارے کے ساتھ بولی، اور پھر خوشگوار لہجے میں پوچھنے لگی، "کیا آپ کے خیال میں ایک میز پر برج حوت کے دو افراد ضرورت سے زیادہ نہیں ہیں؟"

دونوں مرد خدا کے بارے میں گفتگو میں مصروف تھے، جب وہ کافی تیار کرنے باورچی خانے گئی۔ اس نے میز اچھی طرح صاف کر دی تھی اور دل کی گہرائیوں سے دعا مانگی تھی کہ دعوت خیر و خوبی سے ختم ہو۔ کافی لے کر لِونگ روم میں واپس آتے ہوئے اسے صدر کا ایک اڑتا ہوا فقرہ سنائی دیا جس سے وہ حیرت زدہ رہ گئی۔

"یقین کرو میرے پیارے دوست، اگر میں صدر رہتا تو یہ ہمارے غریب ملک کے لیے انتہائی بدقسمتی کی بات ہوتی۔"

ہومیرو نے لزارا کو اُدھار لی ہوئی پیالیاں اور کافی پاٹ اٹھاتے دیکھا اور اسے خیال گزرا کہ وہ غش کھا کر پڑے گی۔ صدر کی توجہ بھی اس طرف ہوگئی۔ "مجھے اس طرح مت دیکھو سینورا،" وہ دوستانہ آواز میں بولا،

''میں اپنے دل کی بات بتا رہا ہوں۔'' اور پھر ہومیرو کی طرف مڑ کر اس نے اپنی بات پوری کی، ''بالکل مناسب ہے کہ اپنی حماقت کی میں اتنی بڑی قیمت ادا کر رہا ہوں۔''

لزارا نے کافی پیش کی اور میز کے اوپر لگی ہوئی بتی بجھا دی، کیوں کہ اس کی چمک گفتگو میں حارج ہو رہی تھی۔ کمرے میں قربت کا ایک سایہ سا چھا گیا۔ اسے پہلی بار مہمان سے دلچسپی پیدا ہوئی جس کی حس مزاح اس کے اندر کی اداسی کو چھپانے میں ناکام تھی۔ لزارا کے تجسس میں اس وقت اور اضافہ ہو گیا جب کافی ختم کرنے کے بعد اس نے اپنی پیالی کو الٹا کر کے طشتری میں رکھ دیا تاکہ کافی کے ذرات بہہ کر نیچے جمع ہو جائیں۔

صدر نے انھیں بتایا کہ اس نے اپنی جلاوطنی کے لیے جزیرہ مارتینیک کو شاعر ایمے سیزیر سے اپنی دوستی کے باعث منتخب کیا تھا جس کی کتاب 'Natal Cahier d'un Retour au Pays' (آبائی وطن کے سفر کی نظمیں) انھیں دنوں شائع ہوئی تھی، اور جس نے ایک نئی زندگی کا آغاز کرنے میں اس کی مدد کی تھی۔ اس کے خاندانی ورثے میں جو کچھ باقی رہ گیا تھا، اس نے اور اس کی بیوی نے فورد فرانس کی پہاڑیوں میں نوبل وڈ سے بنا ہوا ایک مکان خرید لیا جس کی کھڑکیوں پر جھلملیاں لگی ہوئی تھیں اور قدیم پھولوں سے بھرے دالان کا رخ سمندر کی جانب تھا، جہاں جھینگروں کی آوازوں اور شکر کے کارخانوں کی سمت سے آتی ہوئی راب اور رسم کی مہک سے لبریز ہوا میں سونا ایک نعمت تھا۔ وہ اس مکان میں اپنی بیوی کے ساتھ رہتا تھا، جو اس سے چودہ سال بڑی اور اس کے واحد بچے کو جنم دینے کے بعد مفلوج تھی، اور تقدیر سے اپنی مدافعت کے لیے لاطینی کلاسیکی کتابوں کو اصل لاطینی میں پڑھنے کی عادت اور اپنے اس یقین کا سہارا لیا کرتا تھا کہ یہ اس کی زندگی کے ڈرامے کا آخری ایکٹ ہے۔ برسوں سے وہ اپنے شکست خوردہ حامیوں کے تجویز کیے ہوئے ہر قسم کے ایڈونچروں کی ترغیب کی مزاحمت کرتا چلا آ رہا تھا۔

''لیکن میں نے ایک بھی خط کھول کر نہیں دیکھا،'' اس نے کہا۔ ''کبھی نہیں۔ جب سے مجھے یہ معلوم ہوا کہ ان میں سے انتہائی اہم خط ایک ہفتہ گزرنے پر کم اہم معلوم ہونے لگتے ہیں اور دو مہینے بعد آدمی ان کو اور انھیں لکھنے والوں کو بالکل بھول جاتا ہے۔''

اس نے نیم تاریکی میں لزارا پر نظر ڈالی جو ایک سگریٹ سلگا رہی تھی، اور اپنے ہاتھ کی ایک پُراشتیاق حرکت سے سگریٹ اس سے چھین لیا۔ ایک طویل کش لے کر اس نے دھوئیں کو دیر تک اپنے حلق میں رکھا۔ حیرت زدہ لزارا نے دوسرا سگریٹ سلگانے کے لیے ڈبیا اور ماچس اٹھائی تو اس نے جلتا ہوا سگریٹ اسے واپس دے دیا۔ ''تم اتنے مزے سے سگریٹ پیتی ہو کہ مجھ سے نہ رہا گیا۔'' وہ بولا۔ لیکن اس کو دھواں منھ سے نکالنا ہی پڑا کیوں کہ اسے کھانسی آنے لگی تھی۔

''میں نے یہ عادت برسوں پہلے ترک کر دی تھی، لیکن اس عادت نے مجھے پوری طرح ترک نہیں کیا۔'' اس نے کہا، ''بعض موقعوں پر میں اس سے ہار جاتا ہوں، جیسے اس وقت۔''

کھانسی کا دورہ اسے دو مرتبہ اور پڑا۔ اس کا درد لوٹ آیا۔ صدر نے اپنی چھوٹی سی جیبی گھڑی میں وقت دیکھا اور رات کی دو گولیاں کھائیں۔ پھر اس نے اپنی کافی کی پیالی پر نظر ڈالی، مگر اس بار اس پر لرزہ طاری نہیں

ہوا۔ ''میرے بعض حامی میرے بعد صدر رہ چکے ہیں۔'' وہ بولا۔

''سایا گو۔'' ہومیرو نے کہا۔

''سایا گو بھی اور دوسرے بھی،'' اس نے کہا، ''وہ سب میری طرح تھے: ایک ایسے اعزاز کے غاصب جس کے ہم مستحق نہیں تھے، ایک ایسے منصب پر قابض جس کی ذمے داریاں نبھانا ہم نہیں جانتے تھے۔ کچھ لوگوں کو طاقت کی طلب ہوتی ہے، مگر زیادہ تر اس سے بہت کمتر چیز کی تلاش میں ہوتے ہیں۔۔۔ ملازمت کی۔''

لزارا کو غصہ آ گیا۔ ''آپ کو معلوم ہے لوگ آپ کے بارے میں کیا کہتے ہیں؟'' اس نے پوچھا۔

ہومیرو نے چونک کر دخل اندازی کی، ''وہ سب جھوٹ ہے۔''

''جھوٹ ہے بھی اور نہیں بھی،'' صدر نے ماورائی سکون کے ساتھ کہا۔ ''جب معاملہ کسی صدر کا ہو تو بدترین قیاس بھی بیک وقت درست اور غلط ہو سکتا ہے۔''

اس نے اپنی جلاوطنی کا پورا عرصہ مارتینیک میں گزارا تھا، جہاں بیرونی دنیا سے اس کا واحد رابطہ سرکاری اخبار میں چھپنے والی چند خبروں تک محدود تھا، اور وہ ایک سرکاری درس گاہ میں اسپانوی اور لاطینی زبانیں پڑھا کر، اور ایمے سیزیر کی کوششوں سے کبھی کبھار ملنے والے ترجمے کے کام سے اپنا خرچ چلایا کرتا تھا۔ اگست میں گرمی ناقابل برداشت ہو جاتی تھی اور وہ دوپہر تک جھولے میں پڑا، اپنے کمرے میں لگے ہوئے پنکھے کی گنگناہٹ سنتا اور کتاب پڑھتا رہتا تھا۔ دن کے گرم ترین حصوں میں بھی اس کی بیوی، تنکوں کے بنے اور مصنوعی پھلوں اور آرگنڈی کے پھولوں سے سجے ہوئے ہیٹ کی مدد سے خود کو دھوپ سے بچائے، ان پرندوں کی دیکھ بھال میں لگی رہتی تھی جن کو وہ صحن میں آزاد رکھ کر پال رہی تھی۔ مگر جب گرمی کم ہوتی تو دالان کی ٹھنڈی ہوا میں بیٹھنا بہت اچھا لگتا تھا، وہ اندھیرا ہونے تک سمندر پر نظریں جمائے رہتا اور اس کی بیوی اپنی جھولنے والی کرسی میں بیٹھی، سر پر پھٹا پرانا ہیٹ اور ساری انگلیوں میں چمک دار پتھروں والی انگوٹھیاں پہنے، دنیا بھر کے جہازوں کو گزرتے دیکھا کرتی تھی۔ ''یہ پوئرتو ریکو جا رہا ہے۔'' وہ کہتی۔ ''اس والے کے لیے تو چلنا مشکل ہو رہا ہے، پوئرتو سانتو کے کیلوں سے اسی طرح لدا ہوا ہے۔'' وہ کہتی۔ کیوں کہ اس کے نزدیک یہ ممکن ہی نہیں تھا کہ گزرنے والا ہر جہاز ان کے ا... ک نہ ہو۔ وہ اس کی بات سنی ان سنی کر دیتا تھا، اگرچہ آخر کار وہ فراموش کرنے میں اس سے زیادہ اچھی طر... ہوئی کیوں کہ اپنی یادداشت کھو بیٹھی۔ وہ اسی طرح بیٹھے رہتے، یہاں تک کہ جھٹ پٹا ختم ہو جاتا اور ... ں سے بچنے کے لیے اندر پناہ لینی پڑتی۔ اگست کے ایسے بہت سے مہینوں میں سے ایک کے دوران، ... ار پڑھتے ہوئے، صدر حیرت سے چونک پڑا۔

اس ا... ''میرا ایستورل میں انتقال ہو گیا ہے۔''

... صفحے پ... کے سمندر میں تیر رہی تھی، اس خبر سے دہشت زدہ ہو گئی۔ یہ خبر ایک ایسے اخبار کے پانچویں ... ترجمے بھی شائع ہو... ہوئی تھی جو ان کی گلی کے نکڑ پر چھپا کرتا تھا اور جس میں اس کے کیے ہوئے ... مینیجر اس سے ملنے بھی کبھی کبھار آ نکلتا تھا۔ اور اب اس اخبار کا کہنا تھا ... سے کچھ افسا...

جنوبی امریکہ سے کچھ

کہ وہ یورپی انحطاط پسندوں کی پناہ گاہ اور سیر گاہ ایستورل دلزبوآ میں وفات پا گیا ہے، جہاں اس نے کبھی قدم تک نہیں رکھا تھا اور جو شاید دنیا میں واحد جگہ تھی جہاں مرنا اسے ناپسند ہوتا۔ اس کی بیوی البتہ ایک سال بعد چل بسی، اپنے پاس باقی واحد یاد کے ہاتھوں اذیت اٹھاتے ہوئے؛ اپنے اکلوتے بیٹے کی یاد جس نے اپنے باپ کی معزولی میں حصہ لیا تھا اور بعد میں اپنے ہی ساتھیوں کی گولی کا نشانہ بن گیا تھا۔

صدر نے آہ بھری۔ ''ہم اسی طرح ہیں، اور کوئی شے ہمیں نجات نہیں دلا سکتی۔'' وہ بولا، ''دنیا کے قبیح ترین لوگوں کا تصور کیا ہوا ایک براعظم، محبت کے ایک لمحے تک سے محروم؛ اغوا، زنا بالجبر، قانون شکنی، بدنام کاروائیوں، فریب کاریوں، اور دشمنوں کے دشمنوں سے اتحاد پر پرورش پائے ہوئے بچوں کا تصور کیا ہوا براعظم۔'' اس نے لزارا کی افریقی آنکھوں کی طرف رخ پھیرا جو اسے بے رحمی سے گھور رہی تھیں اور اس نے کسی کہنہ مشق کی سی خوش گفتاری سے اس عورت کا دل موہ لینا چاہا۔ ''نسلوں کی آمیزش کا مطلب ہے آنسوؤں اور بہتے خون کی آمیزش۔ اس قسم کے آمیزے سے کوئی کیا توقع کر سکتا ہے؟''

لزارا نے اپنی موت کی سی خاموشی سے اسے کے مقام پر جما دیا، مگر نصف شب سے پہلے لزارا اپنے آپ پر تھوڑا بہت قابو پا چکی تھی اور اس نے ایک رسمی بوسے کے ساتھ اسے الوداع کہا۔ صدر نے ہومیرو کو اپنے ساتھ ہوٹل تک جانے کی اجازت نہیں دی مگر اس کو ٹیکسی تلاش کرنے میں مدد دینے سے باز نہ رکھ سکا۔ جب ہومیرو واپس آیا تو اس کی بیوی ایک طیش کے عالم میں تھی۔ ''یہ دنیا کا واحد صدر ہے جو واقعی معزول کیے جانے کا مستحق تھا۔'' وہ بولی، ''کتے کا بچہ۔''

ہومیرو کی اسے تسلی دینے کی کوششوں کے باوجود دونوں نے ایک اندوہناک اور بے خواب رات گزاری۔ لزارا نے اعتراف کیا کہ صدر خوش شکل ترین مرد تھا جسے اس نے تمام زندگی میں دیکھا اور ''اس میں ترغیب کی تباہ کن صلاحیت اور کسی گھوڑے کی سی جنسی کشش تھی۔'' اس نے کہا۔ مگر اس کا خیال تھا کہ اس شخص نے خدا کی بخشی ہوئی ان صلاحیتوں کو محض خودنمائی میں صرف کر دیا۔ اس کا یہ دعویٰ لزارا کے لیے ناقابل برداشت تھا کہ وہ اپنے ملک کا بدترین صدر رہا ہے۔ اور اس کی راہبانہ ادئیں، جب کہ اسے یقین تھا کہ وہ مارتینیک میں گنے کی آدھی فصل کا مالک ہے۔ اور اقتدار کے لیے اس کی ریاکارانہ تحقیر، جب کہ یہ بات واضح تھی کہ وہ محض اتنی دیر کے لیے، دوبارہ صدر بننے کے لیے کچھ بھی دینے کو تیار ہو جائے گا کہ اپنے دشمنوں کو خاک چٹا سکے۔

''اور یہ سب کچھ،'' اس نے اپنی بات پوری کی، ''محض اس لیے کہ ہم اس کے قدموں ... اس کی پرستش کرنے لگیں۔''

''اس سے اسے کیا فائدہ ہوگا؟'' ہومیرو نے پوچھا۔

''کچھ بھی نہیں،'' وہ بولی۔ ''مگر حقیقت یہ ہے کہ رجھانے کی لت ایسی ... ی نہیں ہو سکتی۔''

... کر سکا اور ...

اس کا غیظ و غضب اس درجے کا تھا کہ ہومیرو اس کے ساتھ ایک بستر ...

کہ وہ یورپی انحطاط پسندوں کی پناہ گاہ اور سیر گاہ ایستورل دلز بوآمیں وفات پا گیا ہے، جہاں اس نے کبھی قدم تک نہیں رکھا تھا اور جو شاید دنیا میں واحد جگہ تھی جہاں مرنا اسے ناپسند ہوتا۔ اس کی بیوی البتہ ایک سال بعد چل بسی، اپنے پاس باقی واحد یاد کے ہاتھوں اذیت اٹھاتے ہوئے: اپنے اکلوتے بیٹے کی یاد جس نے اپنے باپ کی معزولی میں حصہ لیا تھا اور بعد میں اپنے ہی ساتھیوں کی گولی کا نشانہ بن گیا تھا۔

صدر نے آہ بھری۔ ''ہم اسی طرح ہیں، اور کوئی شے ہمیں نجات نہیں دلا سکتی۔'' وہ بولا، ''دنیا کے قبیح ترین لوگوں کا تصور کیا ہوا ایک براعظم، محبت کے ایک لمحے تک سے محروم: اغوا، زنا بالجبر، قانون شکنی، بدنام کاروائیوں، فریب کاریوں، اور دشمنوں کے دشمنوں سے اتحاد پر پرورش پائے ہوئے بچوں کا تصور کیا ہوا براعظم۔'' اس نے لزارا کی افریقی آنکھوں کی طرف رخ پھیرا جو اسے بے رحمی سے گھور رہی تھیں اور اس نے کسی کہنہ مشق کی سی خوش گفتاری سے اس عورت کا دل موہ لینا چاہا۔ ''نسلوں کی آمیزش کا مطلب ہے آنسوؤں اور بہتے خون کی آمیزش۔ اس قسم کے آمیزے سے کوئی کیا توقع کر سکتا ہے؟''

لزارا نے اپنی موت کی سی خاموشی سے اسے کے مقام پر جما دیا، مگر نصف شب سے پہلے لزارا اپنے آپ پر تھوڑا بہت قابو پا چکی تھی اور اس نے ایک رسمی بوسے کے ساتھ اسے الوداع کہا۔ صدر نے ہومیرو کو اپنے ساتھ ہوٹل تک جانے کی اجازت نہیں دی مگر اس کو ٹیکسی تلاش کرنے میں مدد دینے سے باز نہ رکھ سکا۔ جب ہومیرو واپس آیا تو اس کی بیوی ایک طیش کے عالم میں تھی۔ ''یہ دنیا کا واحد صدر ہے جو واقعی معزول کیے جانے کا مستحق تھا۔'' وہ بولی، ''کتے کا بچہ۔''

ہومیرو کی اسے تسلی دینے کی کوششوں کے باوجود دونوں نے ایک اندوہناک اور بے خواب رات گزاری۔ لزارا نے اعتراف کیا کہ صدر خوش شکل ترین مرد تھا جسے اس نے تمام زندگی میں دیکھا اور ''اس میں ترغیب کی تباہ کن صلاحیت اور کسی گھوڑے کی سی جنسی کشش تھی۔ اس نے کہا۔ مگر اس کا خیال تھا کہ اس شخص نے خدا کی بخشی ہوئی ان صلاحیتوں کو محض خود نمائی میں صرف کر دیا۔ اس کا یہ دعویٰ لزارا کے لیے ناقابل برداشت تھا کہ وہ اپنے ملک کا بدترین صدر رہا ہے۔ اور اس کی راہبانہ ادئیں، جب کہ اسے یقین تھا کہ وہ مارتینیک میں گنے کی آدھی فصل کا مالک ہے۔ اور اقتدار کے لیے اس کی ریاکارانہ تحقیر، جب کہ یہ بات واضح تھی کہ وہ محض اتنی دیر کے لیے، دوبارہ صدر بننے کے لیے کچھ بھی دینے کو تیار ہو جائے گا کہ اپنے دشمنوں کو خاک چٹا سکے۔

''اور یہ سب کچھ،'' اس نے اپنی بات پوری کی، ''محض اس لیے کہ ہم اس کے قدموں میں گر کر اس کی پرستش کرنے لگیں۔''

''اس سے اسے کیا فائدہ ہوگا؟'' ہومیرو نے پوچھا۔

''کچھ بھی نہیں،'' وہ بولی۔ ''مگر حقیقت یہ ہے کہ رجھانے کی لت ایسی ہے جس کی تسکین کبھی نہیں ہو سکتی۔''

اس کا غیظ و غضب اس درجے کا تھا کہ ہومیرو اس کے ساتھ ایک بستر میں رہنا برداشت نہ کر سکا اور اس

ہوا۔ ''میرے بعض حامی میرے بعد صدر رہ چکے ہیں۔'' وہ بولا۔

''سایا گو۔'' ہومیرو نے کہا۔

''سایا گو بھی اور دوسرے بھی،'' اس نے کہا، ''وہ سب میری طرح تھی؛ ایک ایسے اعزاز کے غاصب جس کے ہم مستحق نہیں تھے، ایک ایسے منصب پر قابض جس کی ذمے داریاں نبھانا ہم نہیں جانتے تھے۔ کچھ لوگوں کو طاقت کی طلب ہوتی ہے، مگر زیادہ تر اس سے بہت کمتر چیز کی تلاش میں ہوتے ہیں۔۔۔ ملازمت کی۔''

لزارا کو غصہ آ گیا۔ ''آپ کو معلوم ہے لوگ آپ کے بارے میں کیا کہتے ہیں؟'' اس نے پوچھا۔

ہومیرو نے چونک کر دخل اندازی کی، ''وہ سب جھوٹ ہے۔''

''جھوٹ ہے بھی اور نہیں بھی،'' صدر نے ماورائی سکون کے ساتھ کہا۔ ''جب معاملہ کسی صدر کا ہو تو بدترین قیاس بھی بیک وقت درست اور غلط ہو سکتا ہے۔''

اس نے اپنی جلاوطنی کا پورا عرصہ مارتینیک میں گزارا تھا، جہاں بیرونی دنیا سے اس کا واحد رابطہ سرکاری اخبار میں چھپنے والی چند خبروں تک محدود تھا، اور وہ ایک سرکاری درس گاہ میں اسپانوی اور لاطینی زبانیں پڑھا کر، اور ایمے سیزیر کی کوششوں سے کبھی کبھار ملنے والے ترجمے کے کام سے اپنا خرچ چلایا کرتا تھا۔ اگست میں گرمی ناقابل برداشت ہو جاتی تھی اور وہ دوپہر تک جھولے میں پڑا، اپنے کمرے میں لگے ہوئے پنکھے کی گنگناہٹ سنتا اور کتاب پڑھتا رہتا تھا۔ دن کے گرم ترین حصوں میں بھی اس کی بیوی، تنکوں کے بنے اور مصنوعی پھلوں اور آرگنڈی کے پھولوں سے سجے ہوئے ہیٹ کی مدد سے خود کو دھوپ سے بچائے، ان پرندوں کی دیکھ بھال میں لگی رہتی تھی جن کو وہ صحن میں آزاد رکھ کر پال رہی تھی۔ مگر جب گرمی کم ہوتی تو دالان کی ٹھنڈی ہوا میں بیٹھنا بہت اچھا لگتا تھا، وہ اندھیرا ہونے تک سمندر پر نظریں جمائے رہتا اور اس کی بیوی اپنی جھولنے والی کرسی میں بیٹھی، سر پر پھٹا پرانا ہیٹ اور ساری انگلیوں میں چمک دار پتھروں والی انگوٹھیاں پہنے، دنیا بھر کے جہازوں کو گزرتے دیکھا کرتی تھی۔ ''یہ پوئرتو ریکو جا رہا ہے۔'' وہ کہتی۔ ''اس والے کے لیے تو چلنا مشکل ہو رہا ہے، پوترتو سانتو کے کیلوں سے اس بری طرح لدا ہوا ہے۔'' وہ کہتی۔ کیوں کہ اس کے نزدیک یہ ممکن ہی نہیں تھا کہ گزرنے والا ہر جہاز ان کے اپنے ملک کا نہ ہو۔ وہ اس کی بات سنی ان سنی کر دیتا تھا، اگرچہ آخر کار وہ فراموش کرنے میں اس سے زیادہ اچھی طرح کامیاب ہوئی کیوں کہ اپنی یادداشت کھو بیٹھی۔ وہ اسی طرح بیٹھے رہتے، یہاں تک کہ جھٹ پٹا ختم ہو جاتا اور انھیں مچھروں سے بچنے کے لیے اندر پناہ لینی پڑتی۔ اگست کے ایسے بہت سے مہینوں میں سے ایک کے دوران، دالان میں اخبار پڑھتے ہوئے، صدر حیرت سے چونک پڑا۔

''اوہ خدایا،'' وہ بولا۔ ''میرا ایستورل میں انتقال ہو گیا ہے۔''

اس کی بیوی، جو غنودگی کے سمندر میں تیر رہی تھی، اس خبر سے دہشت زدہ ہو گئی۔ یہ خبر ایک ایسے اخبار کے پانچویں صفحے پر چھ سطروں میں شائع ہوئی تھی جو ان کی گلی کے نکڑ پر چھپا کرتا تھا اور جس میں اس کے کیے ہوئے ترجمے بھی شائع ہوتے رہے تھے، اور جس کا منیجر اس سے ملنے بھی کبھی کبھار آ نکلتا تھا۔ اور اب اس اخبار کا کہنا تھا

باقی کی رات لونگ روم کے دیوان پر ایک کمبل میں لپٹ کر گزاری۔ لزارا خود بھی رات کے درمیان، سر سے پیر تک برہنہ، جس حالت میں وہ سوتے یا گھر میں ہمیشہ رہا کرتی تھی، اٹھ بیٹھی اور خود سے محض اس ایک موضوع پر متواتر مخاطب رہی۔ ہاتھ کی ایک تیز حرکت سے اس نے اس نفرت انگیز دعوت کی یاد کو انسانی حافظے سے ہمیشہ کے لیے محو کر دیا۔ صبح سویرے اس نے ادھار لی ہوئی ساری چیزیں لوٹائیں، نئے پردے اتار کر پرانے پردے لگائے اور فرنیچر کو اپنی پرانی ترتیب میں واپس لے آئی۔ یہاں تک کہ ان کا گھر اسی غریبانہ اور پُروقار وضع پر لوٹ آیا جس میں ایک رات پہلے تک تھا۔ پھر اس نے اخباروں کے تراشے، تصویریں اور اس منحوس انتخابی مہم کے جھنڈے اور پھریرے دیوار سے نوچ کر ایک آخری چیخ کے ساتھ کوڑے کے ڈبے میں پھینک دیے۔

''جہنم میں جاؤ!''

دعوت کے ایک ہفتے بعد ہومیرو نے ہسپتال سے نکلتے ہوئے صدر کو اپنا منتظر پایا، اس درخواست کے ساتھ کہ ہومیرو اس کے ہوٹل تک اس کے ساتھ چلے۔ وہ اونچی سیڑھیوں والے زینوں کی تین منزلیں چڑھ کر اس بالا خانے میں پہنچے جس کی چھت میں صرف ایک کھڑکی تھی، جس میں راکھ کے رنگ کا آسمان دکھائی دے رہا تھا اور اس کی پوری چوڑائی میں ایک رسی بندھی ہوئی تھی جس پر دھلے ہوئے کپڑے سوکھ رہے تھے۔ کمرے میں ایک ڈبل بیڈ بھی تھا جس نے آدھا کمرہ گھیر رکھا تھا، اور ایک سخت کرسی، تپائی والی سلفچی، اور کسی غریب آدمی کی سی شیو کی صندوقچی جس کا آئینہ گدلایا ہوا تھا۔ صدر نے ہومیرو کے ردعمل کا جائزہ لیا۔ ''اپنی طالب علمی کے زمانے میں، میں اسی بل میں رہتا تھا۔'' اس نے گویا عذر پیش کرتے ہوئے کہا۔ ''میں نے اس کمرے کی ریزرویشن خود فرانس ہی سے کرالی تھی۔''

ایک مخملیں تھیلے میں اس نے اپنی دولت کی آخری چند نشانیاں الگ کیں اور پھر انھیں نمائش کے لیے بستر پر پھیلا دیا؛ کئی طلائی کنگن جن پر مختلف قسم کے قیمتی پتھر جڑے ہوئے تھے۔ تین لڑیوں والا موتیوں کا ہار اور سونے اور جواہرات کے دو اور ہار۔ تین طلائی زنجیریں جن میں ولیوں کے تمغے جھول رہے تھے۔ ایک جوڑی سونے اور زمرد کے آویزوں کی، ایک سونے اور ہیروں کی، اور ایک سونے اور لعلوں کی۔ وہ تبرکات اور ایک لاکٹ، مختلف قیمتی پتھروں سے جڑی گیارہ انگوٹھیاں اور ہیروں کا ایک تاج جو کسی ملکہ کے لیے موزوں ہو سکتا تھا۔ ایک اور صندوقچی میں سے اس نے کف لنکس کی تین جوڑیاں چاندی کی اور دو سونے کی، جن میں سے ہر ایک کے ساتھ اس کے جوڑ کی ٹائی پن بھی تھی، سفید سونے کا پانی چڑھی ہوئی ایک جیبی گھڑی اور اس کے ساتھ کی زنجیر نکالی۔ اس کے بعد اس نے جوتے کے ڈبے میں سے اپنے چھ کے چھ اعزازات برآمد کیے۔ دو سونے کے، ایک چاندی کا اور باقی سب بے قیمت تھے۔ ''بس یہی کچھ ہے جو زندگی میں میرے پاس باقی رہ گیا ہے۔'' اس نے کہا۔

اس کے پاس اپنے علاج کے اخراجات پورے کرنے کے لیے ان تمام چیزوں کو بیچنے کے سوا کوئی چارہ نہ تھا اور اس نے ہومیرو سے اس کی خاطر پوری رازداری کے ساتھ یہ کام کرنے کی التجا کی۔ لیکن ہومیرو کا خیال تھا کہ اگر ان چیزوں کی رسیدیں موجود نہیں ہیں تو وہ یہ کام نہیں کر سکے گا۔

صدر نے وضاحت کی یہ سب زیور اس کی بیوی کے ہیں اور اسے رشتے کی ایک دادی کے مرنے پر ورثے میں ملے تھے جو نوآبادیاتی دور میں زندہ رہی تھی اور کولمبیا کے سونے کی کانوں کا ایک حصہ ورثے میں پایا تھا۔ گھڑی، کف لنکس اور ٹائی پنیں اس کی اپنی تھیں۔ اعزازات، ظاہر ہے اس سے پہلے کسی کے نہیں تھے۔ ''میں نہیں سمجھتا کہ کسی کے پاس ایسی چیزوں کے رسیدیں ہوتی ہوں گی۔'' اس نے کہا۔

ہومیروٹس سے مس نہ ہوا۔

''ایسی صورت میں،'' صدر نے غور کرتے ہوئے کہا، ''مجھے یہ کام خود ہی کرنا ہوگا۔''

وہ نپے تلے پُرسکون انداز سے جواہرات سمیٹنے لگا۔ ''میں تم سے معافی چاہتا ہوں پیارے ہومیرو۔ مگر کسی قلاش ہوجانے والے صدر کی مفلسی سے بدتر کوئی مفلسی نہیں۔'' وہ بولا۔ ''زندہ رہنا تک تحقیر کے قابل لگتا ہے۔'' اس لمحے میں ہومیرو نے اسے اپنے دل کی آنکھ سے دیکھا اور ہتھیار ڈال دیے۔

لزارا اس رات دیر سے گھر لوٹی۔ اس نے میز پر پارے کے بلب کی روشنی میں جگمگاتے ہوئے جواہرات کی جھلک دروازے میں ہی سے دیکھ لی، اور اس پر بالکل ایسا اثر ہوا جیسے اس نے اپنے بستر میں کسی بچھو کو دیکھ لیا ہو۔

''احمق مت بنو ہومیرو،'' وہ خوفزدہ ہوکر بولی۔ ''یہ چیزیں یہاں کیا کر رہی ہیں؟'' ہومیرو کی وضاحت نے اسے اور پریشان کر دیا۔ وہ بیٹھ کر جواہرات کو، کسی جواہر فروش کے تمام تر انہماک سے، ایک ایک کر کے دیکھنے لگی۔ پھر کسی لمحے اس نے آہ بھرتے ہوئے کہا۔ ''ان کی قیمت کسی خزانے سے کیا کم ہوگی۔'' آخر کار وہ بیٹھ کر ہومیرو کا منھ تکنے لگی اور اپنی الجھن سے باہر آنے کا راستہ کھو بیٹھی۔

''خدا کی لعنت ہو۔'' وہ بولی، ''ہمیں کیا پتہ کہ وہ شخص سچ کہہ رہا ہے؟''

''کیوں نہیں؟'' ہومیرو نے کہا، ''میں نے خود دیکھا ہے کہ وہ اپنے کپڑے خود دھوتا ہے اور بالکل ہماری طرح انھیں کھڑکی میں لٹکا کر سکھاتا ہے۔''

''کیوں کہ وہ کنجوس ہے۔'' لزارا بولی۔

''یا غریب ہے۔'' ہومیرو نے کہا۔

لزارا نے ایک بار پھر جواہرات کا معائنہ کیا، اس بار ذرا کم توجہ کے ساتھ، کیوں کہ اب وہ خود بھی ہتھیار ڈال چکی تھی۔ چنانچہ اگلی صبح اس نے اپنا بہترین لباس پہنا جو زیور اسے سب سے زیادہ قیمتی معلوم ہوئے، ان سے خود کو آراستہ کیا، تمام انگلیوں میں جتنی انگوٹھیاں پہن سکتی تھی پہنیں، اور ان میں سے ایک اپنے انگوٹھے میں بھی چڑھا لی، کلائیوں میں جتنے کنگن آسکتے تھے پہنے، اور انھیں فروخت کرنے نکل کھڑی ہوئی۔ ''دیکھتے ہیں کون لزارا داویس سے رسیدیں مانگتا ہے۔'' وہ باہر نکلتے ہوئے ہنسی سے دوہری ہوکر بولی۔ اس نے بالکل درست جواہر فروش کا انتخاب کیا، جس کے پاس نیک نامی کم اور دکھاوا زیادہ تھا، جہاں اس کو معلوم تھا کہ چیزیں بیچی اور خریدی جاتی ہیں اور زیادہ سوال جواب نہیں کیے جاتے۔ وہ دہشت کے عالم میں، مگر مضبوط قدم رکھتی اندر داخل ہوئی۔

شام کے لباس میں ایک دبلے، زرد رو سیلز مین نے تھیٹرانہ انداز سے جھک کر اسے خوش آمدید کہا، اس کے ہاتھ کو بوسہ دیا اور پوچھا کہ وہ اس کی کیا مدد کر سکتا ہے۔ چاروں طرف لگے ہوئے آئینوں اور تیز روشنیوں کی وجہ سے اندر دن سے زیادہ روشنی ہو رہی تھی اور پوری دکان ہیروں کی بنی ہوئی لگتی تھی۔ لزارا ملازم کی طرف دیکھے بغیر، کہ وہ کہیں وہ اس کے ناٹک کو بھانپ نہ لے، اس کے پیچھے پیچھے چلتی ہوئی دکان کے پچھلے حصے میں پہنچ گئی۔

اس نے لزارا کو لوئی پانزدہم کے زمانے کے پیش تختوں میں سے ایک کے پاس بیٹھنے کی دعوت دی جو تنہا آنے والوں کی خدمت کے لیے کاؤنٹر کا کام دیتے تھے اور اس کی اوپری سطح پر ایک صاف کپڑا بچھا دیا۔ پھر وہ لزارا کے مقابل بیٹھ کر انتظار کرنے لگا۔

"میں آپ کی کیا مدد کر سکتا ہوں؟"

اس نے انگوٹھیاں، کنگن، ہار، آویزے، تمام زیور بے دھڑک اتار دیے اور انھیں شطرنج کے مہروں کی طرح پیش تختے پر ترتیب کے ساتھ رکھنے لگی۔ "وہ صرف یہ جاننا چاہتی ہے،" اس نے کہا "کہ ان چیزوں کی اصل قیمت کیا ہے۔"

جوہری نے اپنی بائیں آنکھ پر شیشہ لگا لیا اور کسی معالج کی سی خاموشی کے ساتھ زیوروں کا معائنہ کرنے لگا۔ کچھ دیر بعد، معائنہ جاری رکھتے ہوئے، اس نے دریافت کیا، "آپ کہاں کی رہنے والی ہیں؟"

لزارا اس سوال کی توقع نہیں کر رہی تھی۔ "اے سینور،" وہ بولی، "میں بہت دور کی ہوں۔"

"مجھے اندازہ ہے۔" اس نے کہا۔

وہ پھر خاموش ہو گیا اور لزارا کی دہشت زدہ سرد آنکھیں بے رحمی سے اس کا جائزہ لیتی رہیں۔ جوہری نے ہیروں کے تاج پر اپنی خاص توجہ صرف کی اور اسے باقی زیوروں سے الگ کر کے رکھ دیا۔ لزارا نے آہ بھری۔ "تم برج سنبلہ کا مکمل نمونہ ہو۔" وہ بولی۔

جوہری کے معائنے میں کوئی خلل نہ آیا۔ "آپ کو کیسے معلوم ہوا؟"

"تمھارے برتاؤ سے۔" لزارا بولی۔

اپنا معائنہ ختم کرنے سے پہلے اس نے کوئی تبصرہ نہیں کیا اور پھر اسی احتیاط کے ساتھ اسے مخاطب کیا جس سے ابتدا میں کام لیا تھا۔ "یہ سب چیزیں کہاں سے آئی ہیں؟"

"یہ میری دادی کا چھوڑا ہوا ورثہ ہے۔" لزارا کھنچی ہوئی آواز میں بولی، "ان کا پچھلے سال ستانوے برس کی عمر میں پاراماریبو میں انتقال ہو گیا تھا۔"

تب جوہری نے اس کی آنکھوں میں آنکھیں ڈال کر دیکھا۔ "مجھے بے حد افسوس ہے،" وہ بولا، "مگر ان کی قیمت محض سونے کے وزن کے برابر ہے۔" اس نے اپنی انگلیوں کے سروں سے تاج کو اٹھا لیا اور اسے تیز روشنی میں گھما گھما کر جگمگانے لگا۔

"اس کے سوا،" وہ بولا، "یہ بہت پرانا ہے، شاید مصری ہے اور اگر ہیرے اتنی بری حالت میں نہ

ہوتے تو انتہائی پیش قیمت ہوتا۔ مگر بہر حال، اس کی تاریخی اہمیت تو ضرور ہے۔''

اس کے سوا تمام زیوروں میں جڑے ہوئے جواہرات، یاقوت، زمرد، لعل، سلیمی، سب کے سب کسی استثنیٰ کے بغیر جعلی تھے۔ ''بلاشبہ ان کے اصل نمونے بہت شاندار رہے ہوں گے۔'' جوہری تمام زیوروں کو سمیٹ کر اسے لوٹاتے ہوئے بولا۔ ''لیکن ایک کے بعد دوسری نسل کو بار بار منتقل ہوتے ہوئے راستے میں کہیں اصل جواہرات نکال کر ان کی جگہ کانچ کے ٹکڑے جڑ دیے گئے۔'' لزارا کو شدید متلی محسوس ہوئی، اس نے ایک گہری سانس لی اور اپنے اضطراب پر قابو پایا۔ سیلز مین نے اسے تسلی دی، ''ایسا اکثر ہوتا ہے مادام۔''

''مجھے معلوم ہے،'' لزارا نے پُرسکون ہو کر کہا۔ ''یہی وجہ ہے کہ میں ان سے نجات حاصل کرنا چاہتی ہوں۔''

تب ہی اچانک اسے احساس ہوا کہ وہ اپنا سوانگ ترک کر کے پھر سے اپنا آپ ہو چکی ہے۔ مزید تاخیر کیے بغیر اس نے صدر کے کف لنکس، جیبی گھڑی، ٹائی پنیں، طلائی اور نقرئی اعزازات اور باقی ذاتی اشیا اپنے ہینڈ بیگ میں سے نکالیں اور ان سب کو میز پر رکھ دیا۔

''یہ بھی؟'' جوہری نے پوچھا۔

''سب۔'' لزارا بولی۔

اسے سوئس فرانک کے نوٹوں میں ادائیگی کی گئی جو اتنے نئے تھے کہ اسے اپنی انگلیوں کے سروں پر تازہ روشنائی لگ جانے کا خوف ہونے لگا۔ اس نے گنے بغیر یہ نوٹ لے لیے۔ دروازے پر جوہری کے رخصتی آداب خیر مقدم کی طرح پُرتکلف تھے۔ اس کے واسطے دروازہ کھول کر اس نے ہاتھ کے اشارے سے ایک لمحہ توقف کرنے کو کہا۔ ''ایک آخری بات مادام۔'' وہ بولا، ''میرا برج دلو ہے۔''

اس روز شام ہوتے ہی ہومیرو اور لزارا رقم لے کر ہوٹل چلے گئے۔ بہت حساب کتاب کرنے کے بعد انھوں نے فیصلہ کیا کہ تھوڑی سی رقم اور درکار ہوگی۔ اور صدر نے اپنی عروسی انگوٹھی، جیبی گھڑی اور زنجیر اور کف لنکس اور ٹائی پن اتار کر انھیں بستر پر جمانا شروع کر دیا۔

لزارا اور ہومیرو نے عروسی انگوٹھی اسے واپس دے دی۔ ''یہ نہیں۔'' وہ بولی، ''اس طرح کی یادگاریں بیچی نہیں جاتیں۔''

صدر نے اس کی بات مان لی اور انگوٹھی دوبارہ پہن لی۔ لزارا نے اس کی جیبی گھڑی بھی لوٹا دی۔ ''یہ بھی نہیں،'' اس نے کہا۔ صدر نے اس سے اتفاق نہیں کیا لیکن اس نے صدر کو اس کے مقام پر پہنچا دیا۔ ''سوئٹزرلینڈ میں گھڑی بیچنے کی کوشش کون کر سکتا ہے؟''

''ہم نے بیچی ہے۔'' صدر نے کہا۔

''ہاں، مگر گھڑی نہیں۔ اس میں لگا ہوا سونا۔''

''یہ بھی سونے کی ہے۔'' صدر نے کہا۔

''ہاں،'' لزارا بولی۔ ''آپریشن کے بغیر تو شاید کام چل جائے لیکن وقت جاننا آپ کے لیے ضروری ہوگا۔''

وہ صدر کا طلائی رِم والا چشمہ لے جانے پر بھی راضی نہیں ہوئی، حالاں کہ اس کے پاس کچھوے کے خول والا ایک اور چشمہ بھی تھا۔ اس نے سب چیزیں اپنے ہاتھ میں سمیٹ لیں اور صدر کے تمام شکوک کا خاتمہ کر دیا۔ ''اور باتوں کے علاوہ،'' وہ بولی۔ ''یہ چیزیں کافی ہوں گی۔''

روانہ ہونے سے پہلے اس نے، صدر سے صلاح کیے بغیر اس کے گیلے کپڑے رسی پر سے اتار کر اپنے گھر پر سکھانے اور استری کرنے کی غرض سے ساتھ لے لیے۔ وہ دونوں اسکوٹر پر سوار ہوئے، ہومیرو اسکوٹر چلانے لگا اور لزارا اس کی کمر کے گرد بازو ڈال کر پیچھے بیٹھ گئی۔ شفق کی سرخی میں سڑک پر لگی بتیاں ابھی ابھی روشن ہوئی تھیں۔ ہوا آخری پتوں کو اڑا لے گئی تھی اور پیڑ گھن کھائے ہوئے ڈھانچوں جیسے لگ رہے تھے۔ دیوروں پر ایک ٹوٹرک ریڈیو کو اونچی آواز میں بجاتا اور اپنے پیچھے موسیقی کی ایک لکیر چھوڑتا تیز رفتاری سے چلا جا رہا ہے۔ جارج براسینز گا رہا تھا:

Mon amour tien bien la barre, le temps va passe par la, et le temps est un barbare dans le genre d'Attila, par la ou son cheval passe l'amour ne repousse pas.

[میرے محبوب گرفت مضبوط رکھو۔ وقت گزرتا جا رہا ہے۔ اور وقت اٹیلا کی طرح ایک وحشی ہے۔ جس جگہ اس کے گھوڑے کے قدم پڑتے ہیں، وہاں محبت لوٹ کر نہیں آتی۔ (فرانسیسی سے ترجمہ: افضال احمد سید)]

ہومیرو اور لزارا گانے اور سنبل کی یادگیر مہک کے سحر میں آ کر خاموش رہے۔ کچھ دیر بعد وہ گویا ایک طویل نیند سے بیدار ہوئی۔ ''لعنت ہو!'' وہ بولی۔

''کیا ہوا؟''

''بے چارہ بڈھا،'' لزارا نے کہا۔ ''کیسی ذلیل زندگی ہے!''

بعد کے ایک جمعے کو جب اکتوبر کی سات تاریخ تھی، صدر پانچ گھنٹے کے ایک آپریشن سے گزرا جس سے فوری طور پر حالات کے غیر یقینی پن میں کوئی فرق نہ پڑا۔ قطعیت سے صرف اتنا کہا جا سکتا تھا کہ وہ زندہ ہے اور یہی غنیمت ہے۔ دس دن بعد اسے ایک کمرے میں دوسرے مریضوں کے ساتھ منتقل کر دیا گیا۔ وہ ایک بالکل بدلا ہوا آدمی تھا، ذہنی طور پر منتشر اور جسمانی طور پر نحیف، اور اس کے چھدرے بال تکیے کی رگڑ تک سے جھڑنے لگے تھے۔ اس کے سابقہ وجود کا اگر کچھ باقی رہ گیا تھا تو وہ اس کے ہاتھوں کی پُروقار جنبش تھی۔ ہڈیوں کے امراض میں مبتلا لوگوں کے لیے مخصوص دو چھڑیاں ہاتھ میں لے کر چلنے کی اس کی پہلے پہل کی کوشش دلخراش تھی۔ لزارا ہسپتال میں ٹھہر گئی اور اس کے سرہانے سوئی تاکہ اسے نرس رکھنے کے خرچ سے بچا سکے۔ کمرے میں موجود ایک اور مریض نے پہلی رات موت کے خوف سے چیخیں مارتے گزاری۔ ان غیر مختتم راتوں نے لزارا کا رہا سہا تکلف بھی

اٹھا دیا۔

جنیوا میں اپنی آمد کے چار ماہ بعد صدر کو ہسپتال سے چھٹی دے دی گئی۔ ہومیرو نے، جو اس کے قلیل مالی اثاثوں کا محتاط خزانچی کی ذمے داری سنبھالے ہوئے تھا، ہسپتال کا بل ادا کیا اور اسے اپنی ایمبولینس میں ہسپتال کے چند اور ملازموں کے ساتھ اپنے گھر لے گیا، جنھوں نے اسے آٹھویں منزل تک پہنچانے میں ہومیرو کی مدد کی۔ انھوں نے اسے بچوں کے سونے کے کمرے میں رکھا جن کے وجود کو اس نے کبھی محسوس نہیں کیا تھا، اور رفتہ رفتہ وہ حقیقت کی دنیا میں واپس آتا گیا۔ اس نے سپاہیانہ مستعدی کے ساتھ خود کو صحت یابی کی جسمانی مشقیں کرنے میں لگا دیا، اور اپنے چھڑی کے سہارے چلنے کے قابل ہو گیا۔ لیکن اپنے گزرے ہوئے دنوں کے بہترین لباس میں بھی وہ پہلا سا آدمی نہ بن سکا، نہ ظاہری ہیئت کے اعتبار سے اور نہ طرزِ عمل کے لحاظ سے۔ جاڑوں کے خوف سے، جن کے نہایت شدید ہونے کی توقع تھی اور جو درحقیقت اس صدی کے شدید ترین جاڑے ثابت ہوئے، اس نے ڈاکٹروں کے مشوروں کے برخلاف، جو اسے مزید کچھ عرصے تک زیرِ نگرانی رکھنا چاہتے تھے، اس نے ۱۳ دسمبر کو روانہ ہونے والے مرسائی نامی جہاز پر گھر لوٹنے کا فیصلہ کیا۔ آخری وقت میں معلوم ہوا کہ اس کے پاس کرائے کی پوری رقم نہیں ہے۔ اور لزارا نے اپنے شوہر کو بتائے بغیر، اپنے بچوں کے لیے رکھی ہوئی رقم میں ہاتھ مار کر فرق پورا کرنے کی کوشش کی، لیکن اسے وہاں بھی اتنی رقم نہیں ملی جس کی وہ توقع کر رہی تھی۔ تب ہومیرو نے اعتراف کیا کہ اس نے لزارا کو بتائے بغیر ہسپتال کا بل پورا ادا کرنے کے لیے وہاں سے کچھ رقم لی تھی۔

''خیر،'' لزارا نے تن بہ تقدیر ہوتے ہوئے کہا، ''ہم یہی سمجھ لیں گے کہ وہ ہمارا سب سے بڑا بیٹا ہے۔''

۱۱ دسمبر کو شدید برف باری میں وہ اسے مرسائی جانے والی ٹرین پر سوار کرانے لے گئے اور بچوں کی میز پر پڑا ہوا الوداعی خط انھیں اسٹیشن سے واپس آنے سے پہلے نظر نہیں آیا۔ وہیں اس نے اپنی عروسی انگوٹھی باربرا کے لیے چھوڑ دی تھی اور اپنی مرحوم بیوی کی عروسی پٹی بھی، جس کو فروخت کرنے کی اس نے کوشش تک نہیں کی تھی، اور اپنی جیبی گھڑی اور زنجیر ننھے لزارد کے لیے۔ چونکہ وہ اتوار کا دن تھا، کچھ کریبیئن پڑوسی، جن پر راز افشا ہو گیا تھا، ویرا کروز کا ایک ہارپ بینڈ لے کر کورنادیں سٹیشن پہنچ گئے تھے۔ صدر اپنا اوباشوں کا سا اوورکوٹ اور ایک لمبا سا رنگین اسکارف پہنے جو دراصل لزارا کا تھا، ہانپتا ہوا چل رہا تھا، مگر اس کے باوجود وہ آخری ڈبے میں سوار ہونے میں کامیاب ہو گیا اور تیز سرد ہوا میں ہاتھ ہلا کر الوداع کہا۔ ٹرین رفتار پکڑنے لگی تھی جب ہومیرو کو احساس ہوا کہ صدر کی چھڑی اس کے پاس رہ گئی ہے۔ وہ پلیٹ فارم کے آخری سرے تک دوڑتا ہوا گیا اور پوری قوت سے چھڑی اس کی طرف اچھال دی تاکہ وہ اسے ہاتھ بڑھا کر پکڑ سکتے، مگر وہ پہیوں کے درمیان گر کر ریزہ ریزہ ہو گئی۔ یہ ایک دہشت ناک لمحہ تھا۔ لزارا کی آنکھوں کے سامنے آخری منظر چھڑی کی طرف بڑھنے اور اسے تھامنے سے قاصر رہنے والا صدر کا کپکپاتا ہاتھ تھا، اور ٹرین کا گارڈ جس نے برف سے ڈھکا ہوا کوٹ کا کالر پکڑ کر بوڑھے آدمی کو نیچے گرنے سے آخری لمحے میں بچا لیا۔ لزارا انتہائی دہشت کے عالم میں دوڑتی ہوئی اپنے شوہر کے پاس پہنچی اور اپنے آنسوؤں کے پیچھے سے ہنسنے کی کوشش کرنے لگی۔ ''میرے خدا!'' وہ چیخ کر بولی، ''یہ شخص کسی طرح نہیں مر سکتا۔''

وہ بخیریت پہنچ گیا، یہ بات اس کے طویل شکریے کے ٹیلی گرام سے معلوم ہوئی۔ ایک سال تک اس کی کوئی اور خبر نہ پہنچی۔ آخر کار انھیں چھ صفحوں کا ہاتھ سے لکھا ہوا خط ملا، جس کی تحریر سے اسے پہچاننا ناممکن تھا۔ اس کا درد لوٹ آیا تھا، پہلے کی طرح شدید اور باقاعدہ انداز میں، مگر اب اس نے اسے نظر انداز کر کے زندگی کو جوں کا توں قبول کرنے کا فیصلہ کر لیا تھا۔ شاعر ایمے سیزیر نے اسے ایک اور چھڑی لے دی تھی، جس میں سیپیاں جڑی ہوئی تھیں، لیکن اس نے اس چھڑی کا استعمال نہ کرنے کا فیصلہ کیا تھا۔ پچھلے چھ مہینے سے وہ پابندی سے گوشت اور مچھلی کھا رہا تھا اور دن بھر میں تلخ ترین کافی کی بیس پیالیاں تک پینے پر قادر تھا۔ لیکن اس نے پیالی کی تہہ میں اپنی تقدیر پڑھنا ترک کر دیا تھا، کیوں کہ اس میں دکھائی دینے والی پیش گوئی کبھی پوری نہیں ہوئی تھی۔ اپنی پچھترویں سالگرہ کے دن اس نے مارتینیک کی نفیس رم کے چند گلاس پیے، جو اسے اپنے مزاج کے مناسب محسوس ہوئے، اور اب سگریٹ نوشی بھی دوبارہ شروع کر دی ہے۔ اس کی حالت، بلاشبہ بہتر نہیں ہوئی، لیکن پہلے سے زیادہ خراب بھی نہیں ہوئی۔ مگر اس خط کا اصل مقصد انھیں یہ اطلاع دینا تھا کہ وہ ایک اصلاحی تحریک کے رہنما کی حیثیت سے، جو قوم کے وقار کے شایان شان تحریک ہے، وطن واپس جانے کی ترغیب محسوس کرنے لگا ہے، خواہ اس کا حاصل بستر میں بڑھاپے کا شکار ہو کر نہ مرنے کی حقیر عظمت ہی کیوں نہ ہو۔ اس لحاظ سے، خط کے آخر میں لکھا تھا؛ جنیوا کا سفر بے حد خوش آئند ثابت ہوا تھا۔

بورخیس کے چار افسانچے

خورخے لوئیس بورخیس (ارجنٹینا)

ترجمہ: اجمل کمال

خورخے لوئیس بورخیس (۲۴ اگست ۱۸۹۹ء۔ ۱۴ جون ۱۹۸۶ء) بیونس آئرس میں پیدا ہونے والے مشہور شاعر اور ادیب تھے۔ ان کا خاندان ۱۹۱۴ء کو سوئٹزرلینڈ منتقل ہو گیا جہاں انھوں نے ابتدائی تعلیم حاصل کی۔ یہاں سے وہ اسپین روانہ ہو گئے۔ ۱۹۲۱ء میں ارجنٹائن منتقل ہونے کے بعد انھوں نے باقاعدہ لکھنا شروع کیا۔ وہ ۵۵ برس کی عمر میں مکمل نابینا ہو گئے تھے۔ ۱۹۸۶ء میں سوئٹزرلینڈ کے شہر جنیوا میں ان کا انتقال ہوا۔

مترجم کا مختصر تعارف پہلے پیش کیا جا چکا ہے۔

(۱)

الوداع

ہم نے گیارہویں شاہراہ کے کونے پر ایک دوسرے کو الوداع کہا۔ سڑک کے اس پار پہنچ کر میں نے پیچھے مڑ کر دیکھا۔ تم بھی مڑیں اور ہاتھ ہلا کر مجھے الوداع کا اشارہ کیا۔

لوگوں اور گاڑیوں کا ایک دریا ہمارے سامنے بہنے لگا۔ یہ ایک عام سی سہ پہر میں پانچ بجے کا وقت تھا۔ میں کیسے جان سکتا تھا کہ یہ غمناک اور عمیق دریائے ایکرون ہے۔

اور اب میں اس یاد کو ڈھونڈ نکالتا ہوں اور اس پر نظر کرتا ہوں۔ میں سوچتا ہوں کہ یہ جھوٹ تھا، اور شاید اس الوداع کے پیچھے ایک دائمی جدائی تھی۔

کل رات کے کھانے کے بعد میں اندر ہی ٹھہرا رہا اور ان چیزوں کو سمجھنے کی خاطر وہ آخری تعلیمات پھر سے پڑھتا رہا جو افلاطون نے اپنے استاد سے منسوب کی ہیں۔ میں نے پڑھا کہ جب جسم کا خاتمہ ہو جائے تو روح نکل کر جا سکتی ہے۔

اور اب میں نہیں جانتا کہ حقیقت اس یقینی الوداع میں ہے یا اس کی نامبارک تاویلات میں؟

کیوں کہ اگر روح کی موت نہیں تو ہمیں الوداع کہنے کو زیادہ اہمیت نہیں دینی چاہیے۔

ایک دوسرے کو الوداع کہنا جدائی کا انکار کرنا ہے۔ اس سے مراد یہ ہے کہ "آج ہم جدا ہونے کا ناٹک کر رہے ہیں، لیکن کل پھر ملیں گے۔" انسان نے الوداع کی رسم اس لیے ایجاد کی کہ وہ کسی نہ کسی طرح یہ جانتا ہے کہ وہ لافانی ہے، چاہے بظاہر وہ بے دلیل اور لمحاتی ہی معلوم ہوتا ہو۔

کبھی نہ کبھی ڈیلیا (کس دریا کے کنارے؟) ہم اپنا یہ غیر یقینی مکالمہ ایک بار پھر جوڑ لیں گے، اور ایک دوسرے سے پوچھیں گے کہ کیا کسی میدانی علاقے میں گم شدہ ایک شہر میں ہم بورخیس اور ڈیلیا رہ چکے ہیں۔

(۲)

خنجر

ایک خنجر دراز میں رکھا ہے۔

اسے پچھلی صدی کے آخر میں تولیدو میں ڈھالا گیا تھا۔ لوئس میلیان لافنیر نے اسے میرے باپ کو دیا تھا جو اسے یوروگوئے سے لے آیا۔ ایورسٹو کیریکو نے ایک مرتبہ اسے اپنے ہاتھ میں تھاما تھا۔

جس کسی کی نگاہ اس پر پڑی ہے، وہ اسے اٹھانے اور الٹ پلٹ کر دیکھنے پر مجبور ہو جاتا ہے، جیسے وہ ہمیشہ سے اس کی تلاش میں رہا ہو۔ ہاتھ تیزی سے منتظر دستے کو گرفت میں لیتا ہے اور طاقتور فرمانبردار پھل کلک کی آواز سے کھلنے بند ہونے لگتا ہے۔

یہ وہ نہیں جو خنجر چاہتا ہے۔

یہ دھات کے ایک ڈھالے ہوئے خوب صورت ٹکڑے سے کچھ زیادہ ہے۔ انسانوں نے جب اس کا تصور کیا اور اسے شکل دی، تو ان کے ذہن میں ایک ہی مقصد تھا۔ کسی الوہی انداز میں یہ وہی خنجر ہے جو کل رات ناکوارامبو میں ایک شخص کے جسم میں گھپ گیا اور وہ خنجر بھی جو سیزر کے جسم میں پیوست ہوا۔ یہ قتل کرنا چاہتا ہے، خون کے ابلتے ہوئے فوارے چاہتا ہے۔ میری لکھنے کی میز کی دراز میں، مسودوں اور پرانے خطوں کے درمیان خنجر اپنا چیتے کا سا سادہ خواب بار بار دیکھتا ہے۔ اسے تھامنے پر ہاتھ جی اٹھتا ہے، کیوں کہ دھات جی اٹھتی ہے، ہر بار اس قاتل کا لمس محسوس کر کے جس کے لیے اسے ڈھالا گیا تھا۔

کبھی کبھی مجھے اس پر افسوس ہوتا ہے۔ ایسی قوت اور یکسوئی، ایسا سنگدل یا معصوم غرور، اور سال ہیں

کہ بے نیازی سے گزرتے چلے جارہے ہیں۔

(۳)

تغیرات

میں نے ایک ہال میں راستہ بتانے والے تیر کا ایسا نشان دیکھا تو مجھے خیال آیا کہ یہ بے ضرر سی علامت کبھی لوہے کی ایک تشبیہ رہ چکی ہے، ایک بے خطا مہلک قوس جو انسانوں اور شیروں کے گوشت میں اتر جاتی تھی، اور جس نے تھرمو پائیلے میں سورج کی کرنوں کا راستہ روک دیا تھا، اور ہیرالڈ سیکرڈسن کو انگلستان کی چھ فیٹ زمین ہمیشہ کے لیے بخش دی تھی۔

چند روز بعد کسی نے مجھے ایک مکیار شہسوار کی تصویر دکھائی۔ ایک تازیانہ لہرا کر اس کے راہوار کے سینے پر لپٹ گیا تھا۔ مجھے معلوم ہوا کہ یہ تازیانہ جو کبھی ہوا میں سنسناتا تھا اور سرکش پہاڑی بیلوں کو ہموار کر لیتا تھا، اب اتوار کی رسمی شہسواری کے نمائشی ساز کے ایک حصے سے زیادہ کچھ نہیں رہ گیا۔

مغربی قبرستان میں، میں نے گوتھک طرز کی ایک صلیب دیکھی، جو سنگ سرخ میں تراشی گئی تھی، بازو باہر پھیل کر خم کھا گئے تھے اور ایک دائرے نے انھیں جکڑ رکھا تھا۔ وہ کوتاہ اور محدود صلیب، کھلے بازوؤں والی ایک اور صلیب کی نمائندہ تھی، جو خود اس سولی کی طرف اشارہ کرتی تھی جس پر ایک خدا کو ایذا پہنچائی گئی تھی! ایک نامبارک کل جس کا سموستا کے لوشین نے مضحکہ اڑایا تھا۔

صلیب، تازیانہ اور تیر: انسان کے متروک اوزار، جنھیں حقیر یا سرفراز کر کے اب محض علامات کی حیثیت دے دی گئی ہے۔ میں ان پر حیرت کیوں کروں؟ جب کہ روئے زمین پر کوئی شے ایسی نہیں جو فراموشی کے ہاتھوں مٹ نہ چکی ہو یا یاداشت کے ہاتھوں متغیر نہ ہوگئی ہو، اور جب کہ کوئی نہیں جانتا کہ وقت خود اسے کس علامت کی شکل دے دے گا۔

(۴)

گواہ

پتھر کے بنے ہوئے نئے گرجا گھر کے تقریباً سائے میں واقع ایک اصطبل میں بھوری آنکھوں اور بھوری داڑھی والا ایک شخص حیوانوں کی باس کے درمیان لیٹا عاجزی سے موت کا یوں منتظر ہے جیسے کوئی نیند کا انتظار کرتا ہو۔ دن، ہمہ گیر پوشیدہ قوانین کی تعمیل میں، رفتہ رفتہ ڈھلتا ہے اور اس حقیر کونے میں سائے گھولتا جاتا ہے۔ باہر ہل چلائے ہوئے کھیت ہیں، مردہ پتوں سے اٹی ہوئی ایک کھائی ہے اور جنگل کے سرے پر بھیڑیوں کے قدموں کے مٹ جانے والے نشان ہیں۔ یہ شخص، جس کے وجود سے کوئی باخبر نہیں، سوتا اور خواب دیکھتا ہے۔ اس

کی آنکھ فرشتے کی آمد سے کھلتی ہے۔

اب تک گھنٹیوں کی آوازیں انگلستان کی سلطنت میں شام کا معمول بن چکی ہیں۔ لیکن یہ شخص اپنے بچپن میں، روڈن کے چہرے، مقدس ہیبت اور سرخوشی، رومن سکوں اور بھاری پوشاکوں سے لدے لکڑی کے بھدے بت، اور گھوڑوں، کتوں اور قیدیوں کی قربانی کا نظارہ کر چکا ہے۔ سورج نکلنے سے پہلے وہ مر چکا ہوگا، اور اس میں ان بت پرستوں کی رسوم کا آخری عینی شاہد کبھی نہ لوٹنے کے لیے ختم ہو جائے گا۔ اس سیکسن کے مرنے سے دنیا کچھ اور مفلس ہو جائے گی۔

زمان و مکان کی وسعتوں میں پھیلے لوگوں پر اثر انداز ہونے والے واقعات، اپنی ہمہ گیری کے باوجود صرف ایک شخص کے مر جانے کے ساتھ مٹ جاتے ہیں۔ لیکن ہر موت میں کوئی چیز یا بے شمار چیزیں ختم ہو جاتی ہیں سوائے اس کے کہ کائنات کسی برتر یادداشت کا حصہ ہو، جیسا کہ تھیوسوفسٹ خیال کرتے تھے۔

وقت کے بہاؤ میں کہیں ایک دن ایسا بھی آیا تھا جب یسوع کو دیکھنے والی آخری آنکھیں بند ہو گئیں۔ جونین کی جنگ اور ہیلن کا عشق کسی ایک شخص کے مر جانے پر موت تک پہنچے۔ جب میں مروں گا تو کیا کچھ میرے ساتھ ختم ہو جائے گا؟ کون سی حقیر یا ناپائیدار شے دنیا سے کم ہو جائے گی؟ میکیڈونیو فرنانڈیز کی آواز؟ سیرانو یا چارکاس کی ویران وسعتوں میں ایک چتکبرے گھوڑے کی شبیہہ؟ مہاگنی کی میز کی دراز میں رکھی گندھک کی ایک سلاخ؟

آواز

سلوینا اوکیمپو (ارجنٹینا)

ترجمہ: خان حسنین عاقب

سلوینا اوکیمپو، Silvina Ocampo Aguirre (۲۸ جولائی ۱۹۰۳ء - ۱۴ دسمبر ۱۹۹۳ء) ایک ارجنٹائن مصنفہ اور شاعرہ تھیں۔ وہ ارجنٹینا کے شہر بیونس آئرس میں ارجنٹائن ثقافت سے گہری وابستگی رکھنے والے خاندان میں پیدا ہوئیں۔ ان کے خاندان کے اکثر افراد کا تعلق ادب سے تھا۔ ابتدا میں سلوینا کی شخصیت ان کے خاندان کے دیگر ادبا و شعرا کی مشہور شخصیتوں کے بوجھ تلے دبی رہی، لیکن بعد کے عرصے میں وہ بیسویں صدی کے ارجنٹائن ادب کی نمائندہ آواز بن کر ابھریں۔ ان کے دس شعری مجموعے، تین ناول اور مختصر کہانیوں کی آٹھ کتابیں شائع ہو چکی ہیں۔

مترجم کا تعارف پہلے پیش کیا جا چکا ہے۔

خزاں کا موسم گرما کے موسم سے بھی زیادہ گرم محسوس ہو رہا تھا۔ میں اپنا نیلا ریشمی ڈریس پہنے ہوئے تھی۔ میرے ساتھ وہ چھوٹا سا پیکینیز کتا Pekinese بھی تھا جو میرے یومِ ولادت پر اس وقت مجھے تحفتاً دیا گیا تھا جب میں اپنے بوائے فرینڈ کے گھر پہنچی تھی۔ وہ دن مجھے بالکل واضح طور پر یاد ہے۔

''حسد دنیا پر غالب ہے۔'' مسز یاپورا بولیں۔ انھیں لگتا تھا کہ شاید یہ حسد کا جذبہ ہی ہے جس کی وجہ سے میں ان کے بیٹے رومار یو سے شادی نہیں کرنا چاہتی۔ ''میرا بیٹا صرف بلی کے ساتھ سوتا ہے۔'' میرے رومار یو سے شادی نہ کرنے یا پھر شادی کرنے یا نہ کرنے کے فیصلے کے پیچھے کچھ دوسری وجوہات کارفرما تھیں۔ کبھی کبھی لوگوں کے کہے ہوئے الفاظ کے معنی لہجے کی وجہ سے تبدیل ہو جاتے ہیں۔ ایسا لگتا ہے جیسے میں موضوع سے

بھٹک رہی ہوں لیکن میرے پاس اس کی وضاحت بھی موجود ہے۔ میرے بوائے فرینڈ رومار یو کی آواز مجھے بہت مکروہ لگتی تھی۔ اس کی زبان سے نکلا ہر لفظ، چاہے وہ میرے لیے انتہائی درجے احترام سے مملو کیوں نہ ہو، مجھے فحش لگتا تھا۔ اگرچہ اس نے مجھے میرے پاؤں کے انگوٹھے کو چھونے جتنا بھی لمس نہیں کیا تھا۔ میں اس سے محبت نہیں کرسکتی تھی۔ مجھے رومار یو سے زیادہ اس کی ماں کے لیے برا لگتا تھا جو نہایت فیاض اور رحمدل تھی۔ حسد اس کی واحد خامی تھی جس کے لیے وہ جانی جاتی تھی، لیکن اب وہ بوڑھی ہو چکی تھی اور حسد کے جذبے سے بھی تقریباً عاری ہو چکی تھی۔

کیا ہمیں افواہوں پر یقین کرنا چاہیے؟ لوگ کہتے تھے کہ نہایت کم عمری میں اس کی شادی ایک ایسے شخص سے ہوگئی جس نے جلد ہی کسی دوسری عورت کے لیے اس سے بے وفائی کی۔ اسے جب ایک مرتبہ شک ہو گیا تو پھر اس بے وفائی کا پتہ لگانے کے لیے اس نے پورا مہینہ بغیر سوئے گزارا۔ جب اسے اپنے شوہر کی بے وفائی کا یقین ہو گیا تو اس کے دل پر ایک کاری ضرب لگی۔ اس نے زبان سے تو کچھ نہیں کہا لیکن اسی رات جب اس کا شوہر اس کے پہلو میں سویا ہوا تھا، وہ اس کے سینے پر چڑھ بیٹھی اور اس کا گلا گھونٹنے کی کوشش کرنے لگی۔ وہ تو اچھا ہوا کہ اس کے شوہر کی ماں دوڑتی ہوئی آئی اور اپنے بیٹے کو اس کے چنگل سے آزاد کروایا۔ اگر وہ نہ آتی تو وہ اس کے ہاتھوں مر گیا ہوتا۔

رومار یو کے ساتھ میری کورٹ شِپ کافی طویل وقت تک چلی۔ میں نے سوچا، ''آواز میں کیا رکھا ہے؟ یہ کوئی شوخ و گستاخ اور ٹٹو لنے والا ہاتھ تو ہے نہیں اور نہ ہی یہ میرا بوسہ لینے کی کوشش کرنے والا مکروہ منھ ہے۔ نہ یہ کوئی فحش اور نہایت کھلا اور اُبھرا اُبھرا سا جنسی عمل ہے جس سے مجھے خوف آتا ہے۔ نہ ہی یہ کولھوں کی طرح گوشت کا اُبھار ہے اور نہ ہی پیٹ کی طرح گرماہٹ کا حامل ہے۔''

بہر حال، رومار یو کی آواز میرے لیے کئی دوسری چیزوں سے زیادہ ناقابل تسلیم تھی۔ ایک ایسے آدمی کے ساتھ زندگی گزارنا میں کیسے قبول کرسکتی ہوں جو ہر سننے والے کو وہ آواز سنائے؟ وہ فحش، واہیات اور ذی حس آواز!

لیکن یہ بات اپنے بوائے فرینڈ سے کہنے کی ہمت کون کرسکتا ہے کہ تمھاری آواز مجھے پسند نہیں ہے؟ یہ میرے بچپن کی ابتدائی کتاب میں لفظ 'شہوت' کی طرح ہے۔ ہماری شادی بغیر کسی واضح وجہ کے غیر معینہ مدت کے لیے مؤخر ہوگئی۔

رومار یو روزانہ دوپہر کو میرے پاس آتا۔ میں شاذونادر ہی کبھی اس کے تاریک گھر جاتی تھی کیوں کہ اس کی ماں بیمار تھی اور وہ جلد سو جاتی تھی۔

لیکن مجھے ان کا چھوٹا سا سایوں سے بھرپور اور رومار یو کی سرخی مائل بھوری بلی لیمبرٹی Lamberti سے آباد باغیچہ بہت پسند تھا۔ پاس پڑوس میں ہم سے زیادہ شرمیلا اور بزدل ایک بھی جوڑا نہیں تھا۔ اس سال گرمیوں میں ہم نے بہ مشکل ایک مرتبہ ایک دوسرے کا بوسہ لیا ہوگا۔ کیا ہم نے ہاتھوں میں ہاتھ ڈالے تھے؟ نہیں

، بالکل نہیں۔ معانقہ؟ مدھم رقص فیشن سے باہر ہو چکا تھا۔ اس غیر معمولی رویے نے ہماری شادی کو مشکوک بنا دیا تھا۔ اس دن میں اپنے pekinese کو اپنے ساتھ رومار یو کے گھر لے گئی۔ رومایو نے اسے چمکارنے کے لیے گود میں اٹھالیا۔ بے چارہ رومار یو! اسے جانوروں سے کتنا پیار تھا!

ہم حسبِ معمول لِونگ روم میں بیٹھے ہوئے تھے۔ اچانک رومار یو کی بلی Lamberti کے فر کی روئیں کھڑی ہو گئیں اور وہ ایک آواز کے ساتھ دوڑتے ہوئے گلدان سے ٹکراتے ہوئے بھاگ کھڑی ہوئی۔ مسز یاپورا نے اگلے دن روتے ہوئے مجھے بتایا۔ اس رات رومار یو اپنے بستر میں بلی کے ساتھ سویا ہوا تھا۔ رات کے درمیانی حصے میں بلی کو نہ جانے کیا ہوا کہ اس نے رومار یو کا گلا دبوچ لیا۔ رومار یو کی چیخیں سن کر اس کی ماں اسے بچانے بھاگی۔ کسی طرح اس نے اپنے بیٹے کے گلے کو بلی کے نرغے سے چھڑایا اور ایک بیلٹ سے بلی کا گلا گھونٹ دیا۔ کہا جاتا ہے کہ ایک پاگل بلی سے زیادہ خطرناک اور کچھ نہیں ہوتا۔ اس بات پر یقین کرنا مشکل نہیں تھا۔ اس واقعہ کی وجہ سے رومار یو اپنی آواز کھو بیٹھا۔ اس کی نگہداشت کرنے والے ڈاکٹروں کا کہنا تھا کہ اب اس کی آواز کبھی واپس نہیں آئے گی۔

اس کی ماں نے روتے ہوئے مجھ سے کہا، ”اب تم رومار یو سے شادی نہیں کرو گی۔ ہے نا؟ میرے پاس اپنے بیٹے کو بلی کے ساتھ سونے سے روکنے کی یہ ایک اچھی وجہ تھی۔“

”میں رومار یو سے شادی کروں گی۔“ میں نے جواب دیا۔

اس دن کے بعد میں رومار یو سے محبت کرنے لگی۔

اتوار کے روز

ماریو ورگاس یوسا (پیرو)

ترجمہ: نجم الدین احمد

ماریو ارگاس یوسا (پ: ۲۸ مارچ ۱۹۳۶ء) تقریباً تیس ناولوں ڈراموں، یاداشتوں اور مضامین کے مصنف ہیں۔ صحافت بھی کر چکے ہیں اور یونیورسٹیوں کے فرائض بھی انجام دے چکے ہیں۔

نجم الدین احمد کا مختصر تعارف پہلے پیش کیا جا چکا ہے۔

اس نے ایک لمحے کے لیے اپنا سانس روکا، ناخن اپنی ہتھیلیوں میں کھبائے اور تیزی سے بولا: ''میں تمھاری محبت میں گرفتار ہوں۔'' اس نے اسے یکا یک لال پڑتے ہوئے دیکھا جیسے کسی نے اس کے رخساروں پر چپتیں لگائی ہوں۔ وہ خائف ہو گیا اور اسے زبان خشک کرتی ہوئی الجھن اپنے اندر اٹھتی محسوس ہوئی۔ وہ اِس قضیے کو ختم کرنے کے لیے وہاں سے بھاگ جانا چاہتا تھا۔ سرمائی اداس صبح کو اس کے اندر گہرائی سے وہی ناتوانی ابھری جو ہمیشہ فیصلہ کن لمحات میں اسے بے حوصلہ کیا کرتی تھی۔ چند منٹ قبل، ہنستے مسکراتے اور جیتے جاگتے ہجوم میں میرافلور کے سینٹرل پارک میں پھرتے ہوئے مِیگوئیل زیرلب دہرارہا تھا: ''ٹھیک ابھی، جب ہم شاہراہ پارڈو پر پہنچیں گے تو میں ہمت پکڑلوں گا۔ اوہ، رُوبن، کاش تمھیں پتہ ہوتا کہ میں تم سے کتنی نفرت کرتا ہوں!'' اور اس سے بھی پہلے، گرجا گھر میں فلورا کو ڈھونڈتے ہوئے اس نے ایک ستون کی جڑ میں اس کی جھلک دیکھی تو اپنی کہنیوں سے راستہ حاصل کرتے ہوئے اس عورت سے بھی معذرت طلب نہیں کی جسے اس نے پرے دھکیل کر اس تک پہنچنے میں کامیاب ہوا تھا۔ ہیلو کہتے ہوئے اس نے ایک بار پھر زیرلب ڈھٹائی سے دہرایا، جیسے اسی صبح اپنے بستر میں پڑے پڑے پو پھوٹتی دیکھتے ہوئے دہرایا تھا۔ ''دوسرا کوئی راستہ نہیں۔ مجھے یہ کام آج ہی کرنا ہے۔ کل تمھیں

اس کا حساب چکتا کرنا ہوگا، رُوبن۔'' اور گزشتہ شب وہ بہت سے برسوں میں پہلی بار یہ جاننے پر رویا تھا کہ کس قدر گھٹیا حربے کی منصوبہ بندی کی گئی تھی۔ پارک میں لوگ موجود تھے لیکن شاہراہ پارڈو سنسان پڑا تھا۔ وہ درختوں کی قطاروں والے راستے پر ربر کے فلک بوس اور چھتنار درختوں تلے جا رہے تھے۔ اگر میں اپنے آپ کو احمق نہیں بنا رہا تو، میگوئیل نے سوچا، مجھے آگے بڑھنا ہی ہوگا۔ اس نے کنکھیوں سے اپنے اردگرد دیکھا۔ آس پاس کوئی نہیں تھا، وہ کوشش کر سکتا تھا۔ دھیرے دھیرے اس نے اپنا بایاں ہاتھ یہاں تک بڑھایا کہ وہ اس کے ہاتھ کو چھونے لگا۔ چھونے پر اسے پتہ چلا کہ وہ پسینے میں بھیگا ہوا ہے۔ وہ کسی معجزے کی دعا کرنے لگا کہ اسے ہزیمت نہ سہنا پڑے۔ اب میں اس سے کیا کہوں؟ اس نے سوچا۔ اب میں اس سے کیا کہوں؟ اس نے اپنا ہاتھ پیچھے کھینچ لیا اور اس نے اپنے آپ کو گاؤدی اور اکیلا محسوس کیا۔ گزشتہ شب کو بار بار دہرائے ہوئے اس کے عمدے جملے صابن کے جھاگ کے مانند بیٹھ گئے۔

''فلورا'' وہ ہکلایا۔ ''میں نے اِس لمحے کا طویل عرصہ انتظار کیا ہے۔ تب ہی سے جب سے تم سے ملا ہوں۔ صرف تمھارے بارے میں سوچتا رہا ہوں۔ مجھے پہلی بار محبت ہوئی ہے۔ میرا اعتبار کرو، مجھے تمھارے جیسی لڑکی پہلے کبھی نہیں ملی۔''

ایک بار پھر اس کے دماغ پر ایک سفید چادر تن گئی؛ ایک خلا۔ دباؤ زیادہ نہیں پڑتا؛ اس کی جلد ربر کے مانند راستہ دیا اور ناخن ہڈی سے ٹکرائے۔ وہ اب بھی بمشکل باتیں کرتا رہا؛ ٹھہر ٹھہر کر، گھبراہٹ کی وجہ سے اپنی ہکلاہٹ پر قابو پاتے ہوئے، اپنے اندر کی تبدیلی کو بیان کرنے کی سعی کرتے ہوئے، جذبے کو استعمال کرتے ہوئے تا آنکہ وہ سکون میں آ گیا۔ وہ شاہراہ پارڈو کے پہلے گول چکر پر پہنچ گئے اور پھر وہ چپ ہو گیا۔ فلورا بیضوی راستے کے بعد دوسرے اور تیسرے درخت کے درمیان رہتی تھی۔ وہ تھم گئے اور انھوں نے ایک دوسرے کو دیکھا؛ فلورا اب بھی لال تھی اور ہراساں ہونے کی وجہ سے اس کی آنکھوں کی چمک نمی لیے ماند پڑی ہوئی تھی۔ نا امید میگوئیل نے سوچا کہ وہ اِتنی حسین سی اس سے قبل کبھی نہیں لگی تھی؛ اس نے اپنے بال پیچھے کی طرف تھامنے کے لیے ایک نیلا ربن باندھ رکھا تھا جس سے وہ اس کی گردن کا شروع کا سرا اور کانوں کو، دو چھوٹے چھوٹے مکمل سوالیہ نشان، دیکھ سکتا تھا۔

''دیکھو، میگوئیل۔'' فلورا بولی، اس کی آواز میں موسیقیت سے پُر اور استوار نرمی تھی۔ ''میں فوری طور پر کوئی جواب نہیں دے سکتی۔ لیکن میری ماں نہیں چاہتی کہ میں اپنی اسکول کی تعلیم مکمل کرنے سے پہلے لڑکوں کے ساتھ جاؤں۔''

''فلورا، تمام مائیں یہی کہتی ہیں۔'' میگوئیل نے اصرار کیا۔ ''اسے کیسے پتہ چلے گا؟ ہم ایک دوسرے سے اس وقت ملیں گے جب تم چاہو گی، چاہے یہ ملاقات صرف اتوار کے اتوار ہو۔''

''میں تمھیں جواب ضرور دوں گی لیکن پہلے میں اس پر غور کرنا چاہتی ہوں۔'' فلورا نگاہیں جھکاتے ہوئے بولی۔ اور پھر کئی سیکنڈوں کے توقف کے بعد اس نے اضافہ کیا۔ ''معاف کرنا، اب میں گھر جانا چاہتی ہوں،

دیر ہو رہی ہے۔''

میگوئیل کو گہری تھکن محسوس ہوئی، ایک ایسا احساس جس نے اس کے پورے جثے میں سرایت کر کے اسے ہلکا کر دیا۔

'تم مجھ سے ناراض ہو، فلورا؟' اُس نے عاجزی سے دریافت کیا۔

''بے وقوف مت بنو۔' اُس نے نخریلے لہجے میں جواب دیا۔''میں ناراض نہیں ہوں۔''

''جب تک تم چاہو میں تب تک تمھارا انتظار کروں گا۔'' میگوئیل بولا۔''لیکن ہم ایک دوسرے سے ملتے رہیں گے، کیا ہم نہیں ملیں گے؟ ہم آج سہ پہر کو فلم دیکھنے چلیں گے، ٹھیک ہے؟''

''آج سہ پہر میں نہیں جا سکتی۔' اُس نے نرمی سے کہا۔''مارتھا نے مجھے اپنے گھر بلایا ہے۔''

اُس کے جواب پر، جس کی اسے توقع تھی اور جواب اسے ظالم لگ رہا تھا، ایک گرم، غضب ناک لہر اس کے بدن میں دوڑ گئی۔ میلانیس نے اس کے کان میں یہی عیارانہ سرگوشی کی تھی کہ ہفتے کی سہ پہر تھی۔ مارتھا انھیں اکیلا چھوڑ دے گی، جو ایک عام چال تھی۔ بعد میں رُوبن گروہ کو بتاتا کہ کیسے اس نے اور اس کی بہن نے منصوبہ بنایا، جگہ اور وقت مقرر کیا۔ اپنی خدمات کے عوض، مارتھا پردے کے عقب سے تانک جھانک کا مطالبہ سامنے رکھتی۔ خفگی نے اس کے ہاتھ پسینے میں شرابور کر دیے۔

''یہ مت کرو، فلورا۔ چلو میٹنی چلتے ہیں۔ جیسا میں نے کہا ہے کہ میں اس موضوع پر کوئی بات نہیں کروں گا۔ وعدہ کرتا ہوں۔''

''میں واقعی نہیں جا سکتی۔'' فلورا بولی۔''مجھے مارتھا کے ہاں جانا ہے۔ وہ کل یہی کہنے میرے گھر آئی تھی۔ بعد میں، میں اس کے ساتھ سالازار پارک جاؤں گی۔''

اسے اپنے آخری الفاظ کے باوجود کوئی امید نظر نہ آئی۔ تھوڑی دیر کے بعد وہ اس مقام کو تک رہا تھا جہاں سے وہ نرم و نازک، فرشتوں جیسا وجود شاہراہ کے ساتھ لگے ہوئے ربڑ کے درختوں کی عظیم الشان قوس تلے غائب ہوا تھا۔ محض حسد کے ساتھ مبارزت کی جا سکتی تھی، روبن کے ساتھ نہیں۔ اس نے ان لڑکیوں کے نام یاد کیے جنھیں مارتھا نے گذشتہ اتواروں کی سہ پہروں کو دعوت دی تھی۔ اب وہ کچھ نہیں کر سکتا تھا۔ اُس کے ذہن میں وہ منظر آیا جس نے ہمیشہ ذہنی و اعصابی تناؤ کے وقت اس کی حفاظت کی تھی؛ بحریہ کی اکادمی کے رنگروٹوں کے سروں کے اوپر دور سیاہ بادلوں پر چھایا ہوا کالا دھواں، وہ پارک میں تن کر کھڑے ہوئے رنگروٹوں کے پاس پہنچا تھا، ہاتھوں میں ہیٹ تھامے اور مجوزہ لباسوں والے سربرآوردہ لوگ اور چمکتے دمکتے زیورات سے آراستہ خواتین اس کی مدح سرا تھیں۔ اطراف کے راستوں پر اسے حیرت سے تکنے اور زیرِ لب اس کے نام کی گردان کرنے والا ٹھنس کر کھڑا ہوا ایک ہجوم تھا جس میں اس کے دوست اور دشمن دونوں موجود تھے۔ نیلے لباس میں ملبوس، کندھوں پر ٹنگے ہوئے سارے فیتے لگائے ہوئے میگوئیل نے افق کی جانب دیکھتے ہوئے دستے کی سربراہی کی۔ اس کی تلوار بلند تھی، سر فضا میں نیم قوسی حالت میں تھا؛ نظارہ کرنے والوں کے لیے مخصوص مقام کے عین وسط میں فلورا مسکرا رہی تھی۔ اس

نے ایک کونے میں چھپے ہوئے لیر لیر لباس پہنے شرمندہ شرمندہ رُوبن کو داد و تحسین کے فلک شگاف نعروں میں غائب ہوتے دیکھا۔ اس کی نگاہوں میں اسے مارچ کرتے دیکھ کر نفرت بھری ہوئی تھی۔

بھاپ سے صاف کیے ہوئے آئینے کے مانند، منظر غائب ہو گیا۔ وہ اپنے گھر کے دروازے پر تھا؛ اسے ہر کسی سے نفرت تھی، اپنے آپ سے بھی۔ وہ اندر داخل ہو کر سیدھا اپنے کمرے میں گیا اور اپنے آپ کو بستر پر اوندھا گرا لیا۔ ٹھنڈی ٹھنڈی تاریکی میں اس کی آنکھوں اور پلکوں کے درمیان میں لڑکی کا چہرہ ابھر آیا؛ ''مجھے تم سے محبت ہے، فلورا۔'' وہ بلند آواز میں بولا، اور پھر اپنے ہٹ دھرم منھ اور مخاصمانہ مسکراہٹ کے ساتھ رُوبن؛ دونوں چہرے ساتھ ساتھ تھے، وہ قریب ہوئے۔ رُوبن کی آنکھیں اسے تمسخرانہ انداز میں دیکھنے کے لیے مڑیں اور اس کا اپنا منھ فلورا کی طرف ہوا۔

وہ پلنگ سے چھلانگ مار کر اٹھا۔ الماری کے آئینے نے آنکھوں تلے حلقوں والا ایک بجھا بجھا چہرہ دِکھایا۔ ''وہ اسے نہیں ملے گا۔'' اس نے فیصلہ کیا۔ ''وہ میری خاطر یہ نہیں کرے گا۔ میں اسے اپنے ساتھ یہ غلیظ چال نہیں چلنے دوں گا۔''

شاہراہ پارڈو اب بھی ویران پڑی تھی۔ بلا توقف وہ قدم اٹھاتا ہوا شاہراہ گراؤ کے چوک کی طرف چلتا گیا۔ وہاں پہنچ کر وہ ٹھٹک گیا۔ اسے ٹھنڈ محسوس ہوئی؛ وہ اپنی جیکٹ کمرے ہی میں چھوڑ آیا تھا اور محض قمیص اسے ربڑ کے پتوں سے گزرتے ہوئے سرسراتی ہوئی سمندری ہوا سے محفوظ رکھنے کے لیے کافی نہیں تھی۔ فلورا اور رُوبن کے ناگوار اکٹھے تصور نے اسے حوصلہ دیا اور اس نے چلنا جاری رکھا۔ مونٹر کارلو مووی ہاؤس کے ساتھ والے مے خانے کی روش سے اس نے انھیں ان کی مخصوص میز پر دیکھا جس کے کونوں کے بڑے حصے اگلی اور بائیں دِیوار سے جڑے ہوئے تھے۔ فرانسسکو، میلانیس، ٹوبیاس، برائین؛ ان سب نے اسے دیکھ لیا اور ایک لمحے کی حیرانی کے بعد وہ رُوبن کی سمت مڑے، ان کے چہرے شیطانی اور جوشیلے ہو رہے تھے۔ اس نے آناً فاناً اپنا اعتماد بحال کیا؛ یقیناً اسے معلوم تھا کہ لوگوں کے سامنے کیا رویہ اختیار کرنا ہے۔

''ہیلو۔'' اس نے ان کے نزدیک پہنچتے ہوئے کہا۔ ''کیا نئی تازہ ہے؟''

''بیٹھ جاؤ۔'' اس کی طرف ایک کرسی دھکیلتے ہوئے برائین بولا۔ ''تمھیں یہاں کون سا معجزہ کھینچ لایا ہے؟''

''تم تو یہاں کافی عرصے سے نہیں آئے۔'' فرانسسکو نے کہا۔

''میرا دل تم لوگوں کو ملنے کو چاہا۔'' میگوئیل نے نرمی سے جواب دیا۔ ''مجھے پتہ تھا کہ تم یہاں ہو گے۔ اِس میں حیرت کی کیا بات ہے؟ یا میں اب 'شاہینوں' (Hawks) میں شامل نہیں رہا؟''

وہ میلانیس اور ٹوبیاس کے بیچ بیٹھ گیا۔ رُوبن اس کے سامنے تھا۔

''کنچو!'' برائن چیخا۔ ''ایک گلاس اور لاؤ، جو زیادہ چکنائی والا نہ ہو۔''

کنچو گلاس لایا اور برائن نے اسے بیئر سے بھر دیا۔ میگوئیل بولا۔ ''شاہینوں' کے لیے۔'' اور پی گیا۔

’’تم نے تو گلاس پکڑتے ہی چڑھالیا۔‘‘ فرانسسکو بولا۔ ’’تمھیں واقعی پیاس لگی ہے!‘‘

’’میں شرطیہ کہتا ہوں کہ تم ایک بجے والے تماشے میں گئے تھے۔‘‘ میلانیس نے اطمینان سے اسی انداز میں پلکیں جھپکاتے ہوئے کہا جیسے وہ کوئی شرارت شروع کرتے ہوئے اپنی پلکیں جھپکاتا تھا۔ ’’درست؟‘‘

’’گیا تھا۔‘‘ میگوئیل نے لاپروائی سے کہا۔ ’’لیکن صرف کسی سے ملنے، اور کچھ نہیں۔‘‘

اُس نے روبن کو مخاصمانہ نگاہوں سے دیکھا لیکن روبن نے کوئی توجہ نہ دی؛ وہ اپنی انگلیوں سے میز بجاتے ہوئے اپنی زبان کو دانتوں میں ایک مخصوص مقام پر رکھ کر ہلکی ہلکی سیٹی سے پیریز پارڈو کی دُھن ’دی پوپ آف گرل‘ (The Pop of the Girl) گنگنا رہا تھا۔

’’شاندار!‘‘ میلانیس نے تحسین کی۔ ’’ٹھیک ہے، ڈان جوان۔ یہ تو ہمیں بتاؤ، کس دوشیزہ سے؟‘‘

’’یہ ایک راز ہے۔‘‘

’’’شاہینوں‘ میں کوئی چیز راز نہیں ہے۔‘‘ ٹوبیاس نے اسے یاد دِلایا۔ ’’کیا تم بھول گئے؟ بتاؤ، وہ کون تھا؟‘‘

’’اِس سے تمھارا کیا تعلق؟‘‘ مِیگوئیل نے پوچھا۔

’’بہت۔‘‘ ٹوبیاس بولا۔ ’’جاننا چاہتے ہیں کہ تم کس کے چکر میں ہو۔‘‘

’’تم مقابلے کا وہ حِصہ ہار گئے۔‘‘ میلانیس نے میگوئیل سے کہا۔ ’’کچھ پائے بغیر۔‘‘

’’میں شرطیہ کہتا ہوں کہ مجھے پتہ ہے وہ کون ہے۔‘‘ فرانسسکو بولا۔ ’’تم لوگ نہیں جانتے؟‘‘

’’مجھے بھی پتہ ہے۔‘‘ ٹوبیاس نے کہا۔

’’مجھے بھی۔‘‘ میلانیس بولا۔ وہ بے حد نرم آواز اور نظروں کے ساتھ رُوبن کی سمت مڑا۔ ’’اور تم، بھائی، کیا تمھیں اندازہ ہے کہ وہ کون ہے؟‘‘

’’نہیں۔‘‘ رُوبن بولا۔ ’’اور مجھے اِس کی پرواہ بھی نہیں۔‘‘

’’میرے پیٹ میں آگ لگی ہے۔‘‘ برائن بولا۔ ’’کوئی بیئر نہیں پلا رہا؟‘‘

میلانیس نے ترحم بھری انگلی اپنے گلے پر پھیری۔ ’’میرے پاس پیسے نہیں ہیں، پیارے۔‘‘ اس نے انگریزی میں کہا۔

’’میں ایک بوتل خریدوں گا۔‘‘ ٹوبیاس نے پُروقار اشارے سے اعلان کیا۔ ’’دیکھتے ہیں کون میری تقلید کرے گا۔ ہم نے اِس جہنم کی آگ بجھانی ہے۔‘‘

’’کنچو، کرسٹل کی آدھی درجن بوتلیں لاؤ۔‘‘ میگوئیل نے کہا۔

مسرت بھری پکاریں بلند ہوئیں۔

’’تم ایک اصلی ’شاہین‘ ہو۔‘‘ فرانسسکو نے اعلان کیا۔

''کتیا کا دوست بچہ۔'' میلانیس نے اضافہ کیا۔ ''ہاں، اصلی والا اعلیٰ 'شاہین'۔''

کنچو بیئر لایا۔ انھوں نے پی۔ انھوں نے میلانیس کی گندی، بے ہودہ، وحشیانہ، گرم گرم کہانیاں سنی اور ٹوبیاس اور فرانسسکو نے فٹ بال کے بارے میں بھاری بھرکم گفتگو شروع کر دی۔ برائن نے ایک قصہ سنایا۔ وہ بس کے ذریعے لیما سے میرافلورس جا رہا تھا۔ دوسرے مسافر شاہراہ ایریکیوپا پر اُتر گئے۔ جب ہم جاویئر پارڈو کی بلندی پر، ٹوماسو کا وہائٹ وہیل سوار ہوا، اس بے رنگ جلد اور بالوں والے چھ فٹ چار انچ طویل القامت نے، جو ابھی تک گرامر اسکول کا متعلم اور کیوبراڈا کا رہنے والا تھا، تو تکار کرنے لگا۔ وہ بہانہ کر رہا تھا کہ اسے بس میں واقعی دلچسپی ہے۔ اس نے اپنے نشست پر آگے کی سمت جھک کر اپنے چاقو سے ڈرائیور کی نشست کی عقبی پوشش کی دھجیاں اڑاتے ہوئے اس سے سوالات کرنے شروع کر دیے۔

''وہ یہ اِس لیے کر رہا تھا کہ میں وہاں تھا۔'' برائن نے اصرار کیا۔ ''وہ مجھے دکھانا چاہتا تھا۔''

''اس کی ذہنی بلوغت تھمی ہوئی ہے۔'' فرانسسکو نے کہا۔ ''آدمی ایسے کام دس برس کی عمر میں کرتا ہے۔ اِس عمر میں یہ کام مضحکہ خیز نہیں ہوتے۔''

''اِس کے بعد جو ہوا، وہ اصل مضحکہ خیز ہے۔'' برائن نے قہقہہ لگایا۔ ''سنو ڈرائیور، کیا تم نہیں دیکھ سکتے کہ وہیل تمھاری بس کو تباہ کرے؟''

''کیا؟'' ڈرائیور ایک اسٹاپ پر ٹھہرتے ہوئے چلایا۔ اس کے کان دہکنے لگے اور آنکھیں باہر کو اُبل آئی تھیں۔ ٹوماسو کا وہائٹ وہیل دروازے کو کھولنے کے لیے زور لگا رہا تھا۔

''اپنے چاقو کے ساتھ۔'' برائن بولا۔ ''دیکھو، اس نے تمھاری نشست کا کیا حشر کیا ہے۔''

بالآخر وہائٹ وہیل باہر نکلنے میں کامیاب ہو گیا۔ وہ شاہراہ آریکیوپا کی طرف دوڑنے لگا۔ ڈرائیور چلاتے ہوئے اس کے پیچھے دوڑا۔ ''اس حرامی کو پکڑو!''

''کیا اس نے اسے پکڑ لیا؟'' میلانیس نے دریافت کیا۔

''پتہ نہیں۔ میں وہاں سے روانہ ہو گیا تھا۔ میں نے یادگار کے طور پر اس کی بس کی چابی چرا لی تھی۔ یہ رہی۔''

اس نے اپنی جیب سے چاندی جیسی ایک چھوٹی چابی نکال کر میز پر اچھال دی۔ بوتلیں خالی ہو گئی تھیں۔ رُوبن نے اپنی گھڑی کو دیکھا اور اٹھ کھڑا ہوا۔

''میں جا رہا ہوں۔'' وہ بولا۔ ''بعد میں ملوں گا۔''

''مت جاؤ۔'' میگوئیل نے کہا۔ ''آج میں امیر ہوں۔ سب کو دوپہر کا کھانا کھلاؤں گا۔''

اس کی کمر پر تھپکیاں پڑیں؛ شاہینوں نے بلند آواز میں اس کا شکریہ ادا کیا اور اس کی مدحت میں گیت گائے۔

''میں نہیں ٹھہر سکتا۔'' روبن نے کہا۔ ''مجھے کچھ کام کرنے ہیں۔''

''جاؤ، چلے جاؤ لڑکے۔'' ٹوبیاس بولا۔ ''اور مارتھا کو میرا سلام کہنا۔''
''ہم سارا وقت تمھارے بارے ہی میں سوچتے رہیں گے، بھائی۔'' میلانیس نے کہا۔
''نہیں۔'' میگوئیل پکارا۔ ''میں سب کو دعوت دے رہا ہوں یا پھر کسی کو بھی نہیں۔ اگر روبن جاتا ہے تو بات ختم۔''
''سنا تم نے، شاہین رُوبن۔'' فرانسسکو بولا۔ ''تمھیں رکنا پڑے گا۔''
''تمھیں رکنا پڑے گا۔'' میلانیس نے کہا۔ ''اس میں کوئی دو رائے نہیں ہیں۔''
''میں جا رہا ہوں۔'' روبن نے کہا۔
''مسئلہ یہ ہے، تم دُھت ہو۔'' میگوئیل نے کہا۔ ''تم اِس لیے جا رہے ہو کہ تمھیں ہمارے سامنے بے وقوف دِکھنے سے خوف آتا ہے، یہی مسئلہ ہے۔''
''میں تمھیں کتنی بار بہت زیادہ دُھت حالت میں گھر لے کر گیا ہوں؟'' رُوبن نے پوچھا۔ ''میں نے جنگلہ چڑھنے میں کتنی بار تمھاری مدد کی ہے کہ تمھارا باپ تمھیں نہ پکڑ سکے؟ میں تمھاری نسبت دس گُنا زیادہ برداشت کر سکتا ہوں۔''
''تم عادی تھے۔'' میگوئیل بولا۔ ''اب یہ ناموافق ہے۔ دیکھنا چاہتے ہو؟''
''بخوشی۔'' روبن نے جواب دیا۔ ''ہم رات کو ملیں گے، یہیں پر؟''
''نہیں، ابھی۔'' میگوئیل اپنے بازو کھولتے ہوئے دوسروں کی سمت مڑا۔ ''شاہینو، میں ایک دعوت مبارزت دے رہا ہوں۔''
حالت مسروری میں، اس نے ثابت کیا کہ قدیم حربہ اب بھی پہلے جتنا ہی کارگر تھا۔ مسرت بھری چیخوں میں اس نے تحرک دے دیا تھا، اس نے دیکھا کہ زرد رنگت لیے روبن بیٹھ گیا۔
''کنچو!'' ٹوبیاس چلایا۔ ''کھانے کی فہرست۔ اور بیئر کے نہانے کے لیے دو تالاب۔ ایک شاہین نے ابھی ابھی دعوت مبارزت دی ہے۔''
انھوں نے مصالحے دار پیاز کے ساتھ بھنے ہوئے گوشت کے پارچوں اور درجن بھر بیئر منگوائی۔ ٹوبیاس نے دونوں مبارزوں کے لیے تین تین بوتلیں ایک قطار میں دھریں اور بقیہ بوتلیں باقی لوگوں کے لیے۔ انھوں نے بہت کم بات چیت کرتے ہوئے کھانا کھایا۔ میگوئیل نے ہر لقمے کے بعد ایک گھونٹ بھرا اور ہشاش بشاش دِکھائی دینے کی کوشش کی لیکن اپنے حلق کے عقب میں بیئر کے بڑھتے ہوئے تلخ ذائقے کو برداشت نہ کر سکنے کا اس کا خوف برقرار رہا۔ انھوں نے چھ بوتلیں کنچو کے رکابیاں اٹھا لے جانے کے بہت دیر بعد ختم کیں۔
''تم منگواؤ۔'' میگوئیل نے رُوبن سے کہا۔
''دونوں کے لیے تین تین اور۔''
نئے دور کے پہلے گلاس کے بعد ہی میگوئیل کو اپنے کانوں میں بھنبھناہٹ سنائی دینے لگی، اس کا سر

دھیرے دھیرے گھومنے والے پہیہ بن گیا اور ہر شے گھومنے لگی۔

''مجھے پیشاب آرہا ہے۔'' وہ بولا۔ ''میں غسل خانے میں جا رہا ہوں۔'' شاہینوں نے قہقہہ لگایا۔

غسل خانے میں جا کر اس نے قے کی۔ پھر اس نے ساری کہانی سنا ڈالنے والی تمام علامتیں ختم کرنے کے لیے بار بار اپنا منھ دھویا۔ اس کی گھڑی پر ساڑھے چار بجے تھے۔ اپنی بے حد خرابی طبیعت کے باوجود وہ خوش تھا۔ اب رُوبن بے بس تھا۔ وہ واپس اپنی میز پر گیا۔

''چیئرز۔'' روبن نے اپنا گلاس بلند کرتے ہوئے کہا۔

وہ غصّے میں ہے، میگوئیل نے سوچا۔ لیکن اب میں نے اسے جکڑ ڈالا ہے۔

''مردے کی سی بدبو آرہی ہے۔'' میلانیس بولا۔ ''ہمارے آس پاس کوئی مرنے والا ہے۔''

''میں ڈیزی پھول کے مانند تروتازہ ہوں۔'' میگوئیل اپنے چکر اور متلی کو قابو میں رکھنے کی کوشش کرتے ہوئے مصر ہوا۔

''چیئرز۔'' روبن نے دہرایا۔

جب انھوں نے آخری بیئر ختم کی تو اسے اپنا معدہ پارے کے مانند محسوس ہونے لگا؛ اس کے کانوں میں دوسروں لوگوں کی آوازیں آپس میں گڈمڈ ہو کر نا قابل فہم حالت میں پہنچ رہی تھیں۔ یکا یک ایک ہاتھ اس کی آنکھوں کے سامنے نمودار ہوا؛ سفید اور لمبی انگلیوں والا ہاتھ؛ جس نے اسے ٹھوڑی سے پکڑا؛ اسے اپنا سر اٹھانے پر مجبور کیا؛ روبن کا چہرہ بہت بڑا ہو گیا تھا۔ وہ مضحکہ خیز دکھائی دے رہا تھا، بے حد شکن لود اور جنونی۔

''ہار گئے، سونڈ جیسی ناک والے؟''

اچانک میگوئیل اپنی جگہ سے اٹھا اور روبن کو دھکا دیا، لیکن اس سے پہلے کہ تماشا آگے بڑھتا، برائن نے مداخلت کی۔

''شاہین آپس میں لڑتے نہیں ہیں۔'' وہ انھیں زبردستی بٹھاتے ہوئے بولا۔ ''تم دونوں نشے میں دُھت ہو۔ مقابلہ ختم ہوا۔ ووٹ ڈالتے ہیں۔''

میلانیس، فرانسسکو اور ٹوبیاس اپنی منشا کے خلاف مقابلے کو برابر قرار دینے پر راضی ہو گئے۔

''میں پہلے ہی جیت گیا تھا۔'' رُوبن نے کہا۔ ''یہ تو بولنے کے بھی قابل نہیں۔ اسے دیکھو تو سہی۔''

حقیقت یہ تھی کہ میگوئیل کی آنکھیں چمک رہی تھیں، اس کا منھ کھلا اور اس کی زبان سے رال کا ایک تار بندھا ہوا تھا۔

''بکواس مت کرو۔'' برائن بولا۔ ''ہم بیئر نوشی کے مقابلے میں سرخیل قرار نہیں دیں گے۔''

''تم بیئر نوشی کے سرخیل نہیں ہو۔'' میلانیس نے زور دے کر کہا۔ ''تم صرف پیرا کی میں سرخیل ہو، پیرا کی کے تالابوں کا صاحب کمال۔''

''بہتر ہے کہ تم بکو مت۔'' روبن بولا۔ ''کیا تم اپنے دشمن کو اپنے آپ کو زندہ کھاتے نہیں دیکھ سکتے؟''

''مِیر افلورس کا ایستھر ولیمز زندہ باد!'' میلانیس چیخا۔

''تم اور تمھارے جیسا بڈھا شخص تیرنا کیا جانے۔'' رُوبن نے کہا۔ ''کیا تم چاہتے ہو کہ میں تمھیں تیراکی کے کچھ اسباق دوں؟''

''ہمیں پہلے ہی معلوم ہیں، سرخیل۔'' برائن نے کہا۔ ''تم نے پیراکی میں سرخیلی جیتی ہے۔ اور تم پر تمام لڑکیاں مرتی ہیں۔ تم باقاعدہ چھوٹے سے سرخیل ہو۔''

''یہ کسی چیز میں سرخیل نہیں ہے۔'' میگوئیل بمشکل بولا۔ ''یہ محض نقلی سرخیل ہے۔''

''تم ڈول رہے ہو۔'' روبن نے جواب دیا۔ ''تمھیں تمھارے گھر چھوڑ آؤں، زنخے؟''

''میں دُھت نہیں ہوں۔'' میگوئیل نے احتجاج کیا۔ ''تم بس کھوٹے ہو۔''

''تم اِس لیے ملول ہو کیوں کہ میر افلورا کے ساتھ تعلق سیدھا ہو گیا ہے۔'' رُوبن نے کہا۔ ''تم حسد سے مرے جا رہے ہو۔ تمھارا کیا خیال ہے، میں ناسمجھ ہوں؟''

''محض ایک کھوٹا سرخیل۔'' میگوئیل نے کہا۔ ''تم اس لیے جیت گئے کہ تمھارا باپ یونین کا صدر ہے؛ سب کو پتہ ہے کہ اس نے کام کھینچا تھا اور تم صرف اسی وجہ سے جیتے۔''

''میں کم از کم تم سے تو بہتر تیرتا ہوں۔'' روبن نے کہا۔ ''تمھیں تو ہاتھ پاؤں تک مارنے نہیں آتے۔''

''تم کسی بھی شخص سے بہتر نہیں تیرتے۔'' میگوئیل بولا۔ ''کوئی لڑکی بھی تمھیں پیچھے چھوڑ سکتی ہے۔''

''کوئی بھی لڑکی۔'' میلانیس نے کہا۔ ''حتیٰ کہ مِیگوئیل بھی، جو ایک ماں ہے۔''

''اگر میں قہقہہ لگا دوں تو میری معذرت۔'' روبن بولا۔

''تمھیں معاف کیا، عزت مآب۔'' ٹوبیاس نے کہا۔

''تم مجھ پر اِس لیے حملہ کر رہے ہو کیوں کہ سرما کا موسم ہے۔'' رُوبن نے کہا۔ ''اگر نہ ہوتا تو میں تم سب کو دعوت مبارزت دیتا کہ چلو ساحل پر چل کر دیکھو کہ کون پانی میں ثابت قدم رہتا ہے۔''

''تم نے سرخیلی اپنے باپ کی وجہ سے جیتی ہے۔'' میگوئیل بولا۔ ''تم محض ایک چھوٹے سرخیل ہو۔ جب تمھارا پیراکی کو دِل چاہے تو بس مجھے بتا دینا۔ اتنے بزدل مت بنو۔ ساحل پر، تختے پر، جہاں کہیں بھی چاہو۔''

''ساحل پر۔'' روبن بولا۔ ''ابھی۔''

''تم محض ایک نقلی سرخیل ہو۔'' میگوئیل نے کہا۔

یکا یک رُوبن کا چہرہ دمک اُٹھا اور ساتھ ہی عداوت بھی ابھر آئی۔ اس کی آنکھوں میں ایک بار پھر طیش بھر گیا۔

''میں تم سے شرط لگاؤں گا کہ پہلے پانی میں کون اترے گا۔'' اس نے کہا۔

''محض ایک نقلی۔'' میگوئیل نے کہا۔

''اگر تم جیت گئے تو۔'' روبن بولا۔ ''میں تم سے وعدہ کرتا ہوں کہ فلورا کو چھوڑ دوں گا۔ اور اگر میں

جیت گیا تو تم کہیں اور دفع ہو جانا۔''

''تمھاری پرواہ کسے ہے؟'' میگوئیل ہکلایا۔ ''گانڈو، تمھاری کسے پرواہ ہے؟''

''سنو، شاہینو۔'' روبن اپنے بازو پھیلاتے ہوئے بولا۔ ''میں دعوت مبارزت دے رہا ہوں۔''

''اِس وقت میگوئیل کی حالت ٹھیک نہیں ہے۔'' برائن نے کہا۔ ''تم دونوں فلورا کے لیے سکہ کیوں نہیں اچھال لیتے؟''

''اور تم کیوں مداخلت کر رہے ہو؟'' میگوئیل بولا۔ ''مجھے قبول ہے۔ چلو، ساحل پر چلیں۔''

''تم دونوں پاگل ہو۔'' فرانسسکو نے کہا۔ ''میں اتنی سردی میں ساحل پر نہیں جا رہا۔ کوئی اور شرط بد لو۔''

''اُس نے قبول لی ہے۔'' روبن بولا۔ ''چلو، چلیں۔''

''جب کوئی شاہین کسی کو دعوت مبارزت دیتا ہے تو ہم سب اپنی زبانیں کاٹ لیتے ہیں۔'' میلانیس نے کہا۔ ''آؤ، ساحل پر چلیں۔ اور اگر اِن دونوں میں پانی میں اُترنے کی ہمت نہیں ہے تو ہم اِنھیں اٹھا کر پانی کے اندر پھینک دیں گے۔''

''دونوں شکستہ حالت میں ہیں۔'' برائن نے اصرار کیا۔ ''دعوت مبارزت کا جواز نہیں ہے۔''

''منھ بند رکھو، برائن۔'' میگوئیل غرایا۔ ''اب میں ایک بڑا لڑکا ہوں۔ مجھے تمھاری خبر گیری کی ضرورت نہیں ہے۔''

''ٹھیک ہے۔'' برائن کندھے اچکاتے ہوئے بولا۔ ''پھر اپنے پیچ کس لو۔''

وہ روانہ ہو گئے۔ باہر دھندلا ماحول ان کا منتظر تھا۔ میگوئیل نے گہری سانس لی؛ اسے بہتر محسوس ہوا۔ فرانسسکو، میلانیس اور رُوبن آگے آگے چلے؛ ان کے پیچھے میگوئیل اور برائن تھے۔ شاہراہ گراؤ پر لوگ پیدل آ جا رہے تھے، جن میں بے ہودہ زرق برق لباسوں والی گھریلو خادماؤں کی تعداد زیادہ تھی۔ ان کے گرد لمبے لمبے بالوں والے زرد رُو مرد حریصانہ نظریں لیے پھر رہے تھے۔ عورتیں ہنس ہنس کر اپنے سونے کے دانت دکھا رہی تھیں۔ شاہینوں نے ان پر کوئی دھیان نہیں دیا۔ اپنے اندر اُبلتے ہوئے جوش کے باعث وہ لمبے لمبے ڈگ بھرتے ہوئے چلتے گئے۔

''اب بہتر ہو؟'' برائن نے دریافت کیا۔

''ہاں۔'' میگوئیل نے جواب دیا۔ ''تازہ ہوا نے میرے ساتھ اچھا کیا ہے۔''

وہ شاہراہ پارڈو کا موڑ مڑے۔ وہ ایک قطار میں یوں مارچ کرتے ہوئے جا رہے تھے جیسے کوئی فوجی دستہ ربر کے درختوں کی پگڈنڈی تلے پھیلا ہوا ہو۔ وقفے وقفے سے مستطیلی پتھروں کے اوپر نکلی ہوئی بڑی بڑی جڑیں کہیں کہیں سے لنگر کے ہکوں کی طرح سختی سے مڑی ہوئی تھیں۔ شہر سے باہر جانے والے راستے پر انھیں دو لڑکیاں ملیں۔ رُوبن تعظیماً جھکا۔

''ہائے، روبن۔'' وہ اکٹھی گنگنائیں۔

ٹوبیاس نے بلند آواز میں ان کی نقل اُتاری۔ ''ہائے، رُوبن، شہزادے۔''

راستہ کئی شاخہ ندی پر ختم ہوا؛ ایک جانب ہموار اور چمکیلا، ہوادار کنارہ تھا تو دوسری سمت ڈھلوان جو پہاڑی کا چکر کاٹتے ہوئے سمندر تک جاتی تھی۔ یہ 'غسل گھر والے راستے' کے نام سے معروف ہے؛ اس کا فرش گاڑیوں کے ٹائروں کی مسلسل رگڑ اور گرما کے بے شمار موسموں میں پیراکی کے لیے آنے والوں کے قدموں کی وجہ سے ہموار اور چمک دار ہو گیا ہے۔

''گرم ہو جائیں، سرخیل۔'' میلانیس دوڑ لگاتے ہوئے چلایا۔ دوسروں نے اس کی تقلید کی۔

وہ ہوا اور ساحل سے اٹھتی ہوئی دھند کی مخالف سمت دوڑتے ہوئے ایک تیز رو بگولے میں گھس گئے؛ ان کے کان، منھ اور ناک سے ہوا اندر داخل ہو گئی جس سے جوں جوں ہوا میں نمی بڑھی، ان کے جسموں میں ایک طرح کی تسکین اور خیر کا احساس سرایت کر گیا۔ ایک مرحلے پر ان کے قدم زمین کی گہرائیوں سے آنے والی پُر اسرار طاقت کے سوا کوئی بھی حکم ماننے سے انکاری ہو گئے۔ ان کے بازو پن چکی کے پروں کی مانند ہو گئے اور زبانوں پر نمکین ذائقہ آ گیا۔ شاہین ڈھلوان پر سے پوری رفتار سے اتر کر 'غسل والی جگہ' کے اوپر ایک قطعۂ زمین پر پہنچے۔ ساحل سے لگ بھگ پچاس گز کے فاصلے پر سمندر ایک گہرے بادل میں، جو تمام آبنائے کے تاریک پانی کے چوطرف ابھری ہوئی بلند و بالا چٹانوں سے ٹکراتا ہوا لگ رہا تھا، گم ہو گیا۔

''آؤ، واپس چلیں۔'' فرانسسکو بولا، ''مجھے ٹھنڈ لگ رہی ہے۔''

قطعۂ زمین کے سرے پر جگہ جگہ سے کائی زدہ ایک جنگلا تھا۔ ایک دروازہ نیچے ساحل کو جانے والے کم و بیش ایک عمودی زینے کی نشاندہی کر رہا تھا۔ اس بلندی سے شاہینوں نے دیکھا کہ ان کے پیروں کے نیچے کھلے پانی کی ایک پٹّی ہے جس کی عجیب اور بلبلے دار سطح پر دھند ہوا کی لائی ہوئی جھاگ میں مل رہی تھی۔

''اگر یہ لڑکا پیچھے ہٹ جائے تو میں لوٹ جاؤں گا۔'' رُوبن نے کہا۔

''پیچھے ہٹنے کی بات کون کر رہا ہے؟'' میگوئل نے جوابی وار کیا۔ ''تم اپنے آپ کو کیا سمجھتے ہو؟''

رُوبن اپنی قمیص کے بٹن کھولتے ہوئے ایک ہی جست میں زینے کے تین قدمچے نیچے اُترا۔

''رُوبن!'' برائن نے پکارا۔ ''کیا تم پاگل ہو؟ واپس آؤ۔''

لیکن اس سے پہلے ہی میگوئل اور دوسرے بھی نیچے پہنچ گئے اور برائن نے ان کی پیروی کی۔

پہاڑی اور نشست گاہوں والے مکانات کے بالمقابل واقع ایک لمبی اور کشادہ عمارت کے جھروکے سے، سمندر قوسی ساحل کے ساتھ ساتھ، پتھروں کی ایک ڈھلوان ہے جہاں گرما میں لوگ آفتابی غسل لیتے ہیں۔ صبح سے شام تلک ساحل پر خوب شور و غوغا رہتا ہے۔ اب اس ڈھلوان کو پانی نے ڈھانپ رکھا تھا اور کوئی رنگین چھاتا یا چھائیاں پڑی لڑکی حرکت کرتی دکھائی رہی تھی نہ ہی پلٹنے سے قبل بھگوڈالنے والی لہروں پر بچوں اور عورتوں کی گونجتی ہوئی سریلی چیخیں تھیں اور نہ پتھروں اور گول سنگریزوں سے ٹکرانے پر لہروں کا شور۔ حد یہ کہ ساحل کی پٹّی

تک دکھائی نہیں دے رہی تھی، کیوں کہ مدو جزر ان سیاہ حدود تک چڑھ آیا تھا جہاں عمارت فضا میں ٹنگی نظر آتی تھی۔ کلسی بلور اور سمندری کائی کی نقش نگاری والا چوبی زینہ اور پختہ سہارا کہ جہاں سے لہریں چلنے لگتی تھیں، بمشکل حدِ نظر میں مرئی تھا۔

''تم پیرا کی دیکھ نہیں سکتے۔'' رُوبن بولا۔ ''ہم یہ کس طرح کریں گے؟''

وہ بائیں ہاتھ والی تہہ چھتی میں تھے، عورتوں والے حصے میں۔ ان کے چہرے سنجیدہ تھے۔

''کل تک انتظار کرلو'' برائن نے کہا۔ ''دوپہر تک موسم صاف ہوجائے گا۔ پھر ہم تم پر نظر رکھنے کے قابل ہوں گے۔''

''اب جب ہم یہاں آ ہی گئے ہیں تو اس ٹنٹے کو ابھی نپٹا لیں۔'' میلانیس بولا۔ ''یہ ایک دوسرے پر خود ہی نظر رکھ لیں گے۔''

''میں تیار ہوں۔'' رُوبن بولا۔ ''اور تم؟''

''میں بھی۔'' میگوئیل نے کہا۔

جب وہ کپڑے اتار چکے تو ٹوبیاس نے میگوئیل کے ہموار پیٹ پر نیلی رگوں کے نقشے کے بارے میں مذاق کیا۔ وہ نیچے چلے گئے۔ کئی ماہ سے متواتر پانی میں رہنے کے باعث چوبی زینہ چکنا اور پھسلواں ہو رہا تھا۔ گرنے سے بچنے کے لیے آہنی جنگلے کو تھامتے ہوئے میگوئیل کو اپنی ایڑی سے چوٹی تک کپکپی محسوس ہوئی۔ اس نے سوچا کہ ایک لحاظ سے دھند اور سردی نے اس کی مدد کی ہے؛ اب جیت کا انحصار مہارت سے زیادہ قوت برداشت پر ہے۔ رُوبن کی جلد جامنی ہو رہی تھی جس میں لاکھوں جھریاں پڑ کر چھوٹے چھوٹے رونگٹے کھڑے ہو گئے تھے۔ ایک قدم نیچے، رُوبن کا کسرتی بدن جھکا، وہ تشنجی کیفیت میں سمندر کے اندر دھارے کے جزر اور لہر کی اگلی رو کا انتظار کر رہا تھا، جو خاموشی سے اور اپنے سامنے جھاگ کے قطرے اچھالتی ہوئی جھونکے کی مانند آئی۔ جب لہر کا سِرا زینے سے چھ فٹ کے فاصلے پر تھا، تو رُوبن نے غوطہ لگایا۔ اس کے بازو باہر کی جانب نیزوں کی طرح نکلے ہوئے اور چھلانگ کے زور سے بال کھڑے ہو گئے تھے۔ اس کا جسم تیر کی طرح سیدھا ہو گیا اور خم کھائے، سر جھکائے یا ٹانگیں پیٹ میں جوڑے بغیر وہ پانی میں کود گیا اور آناً فاناً جزر کا فائدہ اٹھاتے ہوئے تیرنے لگا۔ اس کے ہاتھ پاؤں تیزی سے متشدد بلبلوں کے بیچ چلتے ہوئے اپنا راستہ بنا رہے تھے۔ اپنی باری پر میگوئیل ایک قدمچہ اور نیچے اتر کر لہروں کی اگلی رو کا انتظار کرنے لگا۔ اسے پتہ تھا کہ وہاں پانی سخت ہے اور اسے ایک گیلی کے مانند اپنے کسی بھی عضو کو حرکت دیے بغیر سختی اور جفاکشی سے تیرنا ہوگا ورنہ وہ زیرِ آب چٹانوں سے ٹکرا جائے گا۔ اس نے آنکھیں بند کر کے غوطہ لگایا لیکن وہ تہہ سے نہیں ٹکرایا، البتہ اس کے جسم پر سرتا پا کوڑا پڑا جو اسے نشتر کی طرح لگا۔ اسے ہاتھ پیروں کی حرارت بحال کرنے کے لیے، جسے پانی نے چھوتے ہی چھین لیا تھا، پوری قوت مجتمع کرتے ہوئے تیرنا پڑا۔ وہ میرافلورس کے پاس سمندر کے ایک عجیب و غریب حصے میں تھا جہاں سمندری دھارا اور لہریں آپس میں ملتے اور بھنور بنتے تھے اور روئیں ایک دوسرے سے ٹکراتی تھیں اور گرما کے مہینے بہت پیچھے کہیں ماضی میں تھے۔

پس میگوئیل بھول چکا تھا کہ انھیں بلاتر ددراستے سے کیسے ہٹایا جائے۔ اسے یاد ہی نہ آیا کہ اپنا بدن پُرسکون رکھے اور موجوں کے دوش پر بہتے ہوئے اپنے آپ کو ان کے سپرد کردے، صرف اس وقت ہاتھ پیر مارے جب کسی لہر کے ساتھ اوپر اٹھے، جب جھاگ کے ساتھ بہتے ہوئے ہموار پانی میں کسی زیرآب چٹان پر ہو یا پانی کی رو کے اوپر تیرتا ہو۔ اسے یاد نہ آیا کہ بہتر یہی ہے کہ وہ صبر اور کسی قدر ہوش مندی سے برداشت کرے کہ ساحل کے ساتھ والا شوریدہ سمندر ٹانگیں جکڑ لیتا ہے اور منھ اور آنکھوں میں پانی کی ندیاں بھر دیتا ہے۔ مزاحمت نہ کرنا، جھاگ بننا اور پانی کے اندر جانے کے لیے لہر کے آنے پر ہی سانس لینا بہتر ہوتا ہے؛ وہ بھی کم سانس کہ اگر وہ لگاتار نہ آ رہی ہوں، بے طاقت ہوں یا پھر اس وقت تہہ میں ہو، جب کوئی چٹان پاس ہی ہو تو کسی چٹان کو تھام لے اور ہمیشہ چوکس رہتے ہوئے، بہرہ کر ڈالنے والے طوفان کے گزرنے کا منتظر رہے۔ ایک حرکت میں پانی پیچھے دھکیلے اور لگن سے ہاتھ چلاتا ہوا آگے بڑھتا رہے، جب تک کوئی نئی رکاوٹ سامنے نہ آ جائے اور پھر بدن ڈھیلا چھوڑ دے، گردابوں سے ٹکر مول نہ لے، دانستہ سست بھنور میں گھومے اور ٹھیک لمحے پر یکا یک ایک ہی حرکت میں اس سے باہر نکل جائے۔ پھر غیر متوقع طور پر محض بے ضرر بلبلوں والی ایک پُرسکون سطح نمودار ہوتی ہے؛ پانی صاف، ہموار ہوتا ہے اور کہیں کہیں پانی کے نیچے دھندلی دھندلی چٹانیں دکھائی دے رہی ہوتی ہیں۔

سخت پانی عبور کرنے کے بعد، تھک کر میگوئیل ٹھہر گیا۔ اس نے سانس بھری۔ اس نے دیکھا کہ رُوبن زیادہ دور نہیں ہے۔ ان کے بال ماتھے پر جھالر بن کر گرے اور دانت سختی سے بھنچے ہوئے تھے۔

''کیا ہم جاری رکھیں؟''

''جاری رکھتے ہیں۔''

چند منٹوں کی پیراکی کے بعد، میگوئیل کو ٹھنڈ لگنے لگی جو لمحاتی طور پر غائب ہوئی تھی اور اب دوبارہ اس پر حملہ آور ہو گئی تھی۔ وہ تیزی سے پیر مارنے لگا کیوں کہ اس کے جسم کے باقی حصوں سے زیادہ ٹھنڈ اس کی پنڈلیوں میں بیٹھی تھی اور پانی نے اسے زیادہ متاثر کیا تھا۔ پہلے اس کی ٹانگیں سُن ہوئیں اور بعد میں سخت ہو گئیں۔ وہ منھ کو پانی کے اندر رکھ کر تیرتا رہا اور ہر بار صرف اس کا دایاں بازو ہی باہر آیا۔ وہ اپنے منھ کو صرف تب باہر نکالتا، جب اسے سانس لے کر توانائی بحال کرنا ہوتی اور اسے بھی وہ فوراً ہی زیرآب لے جاتا، تاکہ اس کی رفتار کم نہ پڑے اور پانی کو اس طرح کاٹے جیسے روٹی کے ٹکڑے کو تیز دھار چھری کاٹتی ہے اور اس کا پانی میں پھسلنا سہل رہے۔ ہر حرکت کے ساتھ وہ اپنی آنکھ سے رُوبن کو بھی دیکھتا جو سطح آب پر بلا جتن کیے مشاقی سے جھاگ کو لاتیں مارے بغیر خوبی اور سہولت سے سمندری بگلے کی مانند تیر رہا تھا۔ میگوئیل نے رُوبن، سمندر اور لہروں پر تیرنے کو (جواب بہت فاصلے پر تھیں، کیوں کہ پانی صاف، پُرسکون اور صرف نئی لہروں سے معمولی ہلچل والا تھا) بھلانے کی سعی کی۔ وہ محض فلورا کا چہرہ یاد رکھنا چاہتا تھا، ہاتھوں پر رکھا ہوا چہرہ جو روشن دن میں سنہرے رُوؤں کے ایک ننھے سے جنگل کی طرح دمکتا ہے لیکن وہ اس کے چہرے کے تصور کو دوسری شبیہہ سے بدلنے سے روک نہیں پاتا، نمی والا غاصب اور فاتح چہرہ، جس نے فلورا پر غالب آ کر اسے چھپا دیا؛ برہم پانی کے ایک پہاڑی کی شبیہہ نے جو لہروں کی ایک

متواتر رو نہیں تھی (جس سے گرمیوں کے دو موسم پہلے اس کا واسطہ پڑا تھا اور جس کی سبز اور غیر شفاف جھاگ سے بھری ہوئی لہریں جنونی تھیں، کیوں کہ اس جگہ پر، کم وبیش، چٹان کا خاتمہ ہوگیا تھا اور کیچڑ کا پہاڑ ابھر کر سامنے آ گیا تھا جو کائی اور جیلی فش کے جالوں سے لبریز ہو کر سمندر کو دھندلا رہا تھا) بلکہ ایک حقیقی سمندر تھا جو اندرونی طوفان کے سبب پیدا ہوئی بڑی بڑی لہروں کو کوڑے کی مانند لہرا رہا تھا، جو ایک پورے جہاز کو اپنی لپیٹ میں لے کر اسے حیرت انگیز سرعت کے ساتھ اُلٹ اور مسافروں، کشتیوں، بادبانوں، چپوؤں، تختوں، ملاحوں، ستونوں اور جھنڈوں کو ہوا میں اچھال سکتی تھیں۔

اس نے تیرنا بند کیا۔ اس کا جسم عمودی ہونے تک نیچے ڈوبتا رہا؛ اس نے سر اٹھایا اور رُوبن کو جاتے ہوئے دیکھا۔ اس نے کسی بہانے سے اسے پکارنے کے بارے میں سوچا، مثلاً اسے یہ کہے، ''تم ایک منٹ کے لیے آرام کیوں نہیں کر لیتے۔'' لیکن اس نے یہ نہیں کیا۔ اسے لگا جیسے ساری ٹھنڈ اس کی پنڈلیوں میں جمع ہوگئی ہو، وہ اپنے پٹھوں میں اکڑن، جلد میں تناؤ اور دل کو تیزی سے دھڑکتا ہوا محسوس کر رہا تھا۔ اس نے ہیجان زدگی سے پاؤں مارے۔ وہ دھند میں گھرے ہوئے تاریک پانی کے عین وسط میں تھا۔ جب دھند چھٹی تو اس نے ساحل یا ساحلی چٹانوں کے سایے کو نگاہوں میں پکڑنے کا جتن کیا لیکن رابطہ منقطع ہونے سے قبل دکھائی دینے والی دھندلی شبیہہ اب صاف نظر نہیں آ رہی تھی۔ اسے صرف ایک چھوٹا سا، سبزی مائل سیاہ دھبہ اور پانی کی سطح پر چھایا ہوا بادل دکھائی دے رہا تھا۔ پھر وہ خوفزدہ ہوگیا۔ اسے اچانک پی ہوئی بیئر یاد آئی اور اس نے سوچا، میرا خیال ہے کہ اس نے مجھے کمزور کر دیا ہے۔ ایک لمحے کے اندر اندر یوں لگا جیسے اس کی ٹانگیں اور بازو غائب ہوگئے ہوں۔ اس نے واپس مڑنے کا فیصلہ کیا لیکن چند ہاتھ مارنے کے بعد ہی اس نے دوبارہ رخ موڑا اور جس قدر عمدگی سے تیر سکتا تھا، تیرنے لگا۔ ''میں تنہا ساحل پر نہیں پہنچ سکوں گا۔'' اس نے اپنے آپ سے کہا، ''بہتر ہے کہ رُوبن کے قریب ہوا جائے؛ اگر میں تھک گیا تو اسے کہہ دوں گا کہ چاہے مجھے پیٹ لو لیکن واپس چلو۔'' اب وہ سر اٹھائے، پانی کو نگلتے ہوئے، سمندر کو اپنے سخت بازوؤں سے دھکیلتے ہوئے وحشیانہ انداز میں تیر رہا تھا۔ اس کی نگاہیں اپنے سامنے نچنت جھاگ پر جمی ہوئی تھیں۔

حرکت اور مشقت اس کی ٹانگوں میں دوبارہ زندگی لے آئیں؛ اس کے جسم میں دوبارہ تھوڑی سی حرارت پیدا ہوگئی تھی۔ اس کے اور رُوبن کے درمیان والا فاصلہ کم ہوگیا تھا اور اس سے اسے سکون محسوس ہوا۔ تھوڑی دیر کے بعد وہ اس تک پہنچ گیا؛ اس نے اپنا ہاتھ بڑھا کر اس کا ایک پیر پکڑا۔ رُوبن فوراً تھم گیا۔ اس کی آنکھیں چمکیلی سرخ رنگ کی اور منہ کھلا ہوا تھا۔

''میرا خیال ہے کہ یہاں ہم مڑ گئے ہیں۔'' میگوئیل بولا۔ ''مجھے لگ رہا ہے جیسے ہم ساحل کے متوازی تیر رہے ہیں۔''

اس کے دانت بھنچے ہوئے تھے لیکن اس کی آواز صاف تھی۔ رُوبن نے اس کی طرف دیکھا۔ میگوئیل اسے پریشانی کے عالم میں تک رہا تھا۔

’’تم اب ساحل کو نہیں دیکھ سکتے۔‘‘ رُوبن نے کہا۔

’’تم کچھ دیر دیکھ نہیں پائے تھے۔‘‘ میگوئیل نے کہا۔ ’’دھند بہت زیادہ ہے۔‘‘

’’ہم مڑے نہیں ہیں۔‘‘ رُوبن بولا۔ ’’وہ دیکھو، اب تم موجیں دیکھ سکتے ہو۔‘‘

حقیقت یہی تھی کہ اب کچھ چھوٹی چھوٹی جھاگ بھری موجیں ان کی طرف آ رہی تھیں جن کا جھاگ تحلیل ہو کر فوراً ہی دوبارہ بن رہا تھا۔ انھوں نے خاموشی سے ایک دوسرے کو دیکھا۔

’’تب تو ہم جلد ہی موجوں کے قریب پہنچ گئے ہیں۔‘‘ میگوئیل نے کہا۔

’’ہاں ہم تیز تیرے ہیں۔‘‘

’’میں نے کبھی اتنی دھند نہیں دیکھی۔‘‘

’’کیا تم بہت زیادہ تھک گئے ہو؟‘‘ رُوبن نے دریافت کیا۔

’’میں؟ تم پاگل ہو؟ چلو، چلیں۔‘‘

اسے فوراً ہی اپنی بات پر افسوس ہوا لیکن دیر ہو گئی تھی۔ رُوبن نے کہہ دیا تھا۔ ’’ٹھیک ہے، چلتے ہیں۔‘‘

یہ پتہ چلنے سے پہلے کہ وہ اب مزید آگے نہیں بڑھ سکتا، وہ بیس ضربیں گننے میں کامیاب ہو گیا تھا۔ وہ بمشکل آگے بڑھ رہا تھا۔ اس کی دائیں ٹانگ سردی سے آدھی مفلوج ہو چکی تھی۔ اسے اپنے ہاتھ پھوہڑ اور بھاری محسوس ہو رہے تھے۔ وہ ہانپتے ہوئے پکارا، ’’رُوبن!‘‘

رُوبن تیرتا رہا۔

’’رُوبن، رُوبن!‘‘ وہ ناامیدی کی کیفیت میں مڑ کر چھینٹے اڑاتا ہوا ساحل کی سمت تیرنے لگا۔ وہ خدا سے دعا مانگ رہا تھا کہ اسے بچالے، وہ آئندہ اچھا بن کر رہے گا، اپنے والدین کی تابعداری کرے گا، وہ اتوار کی اجتماعی دعا سے کبھی ناغہ نہیں کرے گا۔ اور اسی وقت اسے شاہینوں سے کیا ہوا اپنا وعدہ یاد آیا کہ وہ گرجا گھر میں صرف ’کسی دوشیزہ سے ملنے‘ جائے گا اور اسے چاقو کے زخم کی طرح یقین ہو گیا تھا کہ خدا اسے اس خوف ناک پانی ڈبو کر سزا دینے جا رہا ہے جس میں وہ جنونی ہو کر ہاتھ پاؤں مار رہا ہے جس کے نیچے اذیت ناک موت اس کی منتظر ہے اور اس کے بعد شاید دوزخ بھی۔ پھر اس کے دماغ میں ایک گونج کی طرح ایک پرانی کہاوت، جو کسی وقت فادر البرٹو نے دینی جماعت کے دوران بتائی تھی، پھیلی کہ خدا کی رحمت کی کوئی حد نہیں ہے اور جب وہ سمندر کو اپنے بازوؤں سے دھکیل رہا تھا؛ اس کی ٹانگیں بے جان وزن کی مانند ٹنگی ہوئی تھیں، تو اس نے اپنے ہلتے ہوئے ہونٹوں کے ساتھ خدا سے دعا کی کہ اس کے ساتھ رحمت کا معاملہ کرے، وہ ابھی بہت کم عمر ہے اور اس نے قسم اٹھائی کہ اگر وہ بچ گیا تو وہ پادریوں کی تربیت گاہ میں جائے گا، لیکن ایک سکنڈ کے بعد ہی خائف ہو کر اس نے اپنی درستی کی اور [illegible] کہ وہ پادری بننے کے بجائے دوسروں کے لیے قربانیاں دے گا اور ایسے ہی دیر کام کرے گا، عطیے دے گا۔ [illegible] سے احساس ہوا کہ ایسے نازک وقت پر اس طرح کی ہچکچاہٹ اور سودے بازی کتنی نقصان دہ ہو سکتی ہے

۔ پھراس نے بہت نزدیک سے رُوبن کی جنونی چیخیں سنیں۔ اس نے اپنا سر گھما کر اسے دیکھا۔ لگ بھگ دس گز کے فاصلے پر اس کا آدھا سر پانی میں ڈوبا ہوا تھا۔ وہ اپنا ایک ہاتھ ہلاتے ہوئے درخواست کر رہا تھا: ''میگوئیل، بھائی، یہاں آؤ۔ میں ڈوب رہا ہوں۔ مت جاؤ۔''

وہ ساکت، حیران و پریشان رہا اور گویا یکا یک رُوبن کی ناامیدی نے اس کی اپنی ناامیدی ختم کر دی۔ اسے اپنی ہمت مجتمع ہوتی اور ٹانگوں کی سختی کم ہوتی محسوس ہوئی۔

''میرا پیٹ اینٹھ گیا ہے۔'' رُوبن چلایا۔ ''میں مزید آگے نہیں جا سکتا۔ میگوئیل، خدا کے لیے مجھے بچاؤ۔ مجھے چھوڑ کر مت جاؤ، بھائی۔''

وہ رُوبن کی سمت تیرنے لگا اور جب اس کے قریب پہنچا تو اسے یاد آیا کہ ڈوبتے ہوئے لوگ ہمیشہ اپنے بچانے والوں کو زنبور کی طرح دبوچ لیتے ہیں اور انھیں بھی ڈبو دیتے ہیں۔ وہ اس سے دور ہونے لگا لیکن اسے چیخیں دہلا رہی تھیں اور اسے احساس ہوا کہ اگر رُوبن ڈوب گیا تو وہ بھی ساحل تک نہیں پہنچ پائے گا۔ وہ واپس مڑ گیا۔ رُوبن سے، جو خوب سفید پڑ کر چرمرا کر ڈوبنے سے بچنے کے لیے تیرنے کی جستجو کر رہا تھا، دو گز کے فاصلے پر سے وہ چلا کر بولا ''ہلو مت، رُوبن۔ میں تمھیں کھینچنے لگا ہوں لیکن تم مجھے مت دبوچنا۔ تم ساکت ہو جاؤ، بھائی۔ میں تمھیں سر سے پکڑ کر کھینچوں گا، لیکن مجھے مت چھونا۔'' اس نے ایک محفوظ فاصلہ رکھتے ہوئے ہاتھ آگے بڑھا کر رُوبن کے بال پکڑ لیے۔ اپنے آزاد ہاتھوں سے ٹانگوں کی مدد پر وہ اپنی پوری قوت سے تیرنے لگا۔ حرکت سست تھی لیکن بے حد دقت طلب، جس نے اس کی تمام طاقت کھینچ لی اور اسے رُوبن کے بارے میں کچھ پتہ نہ تھا جو یکسانی سے شکایت کرتے ہوئے یکا یک دہشت ناک چیخیں مار رہا تھا۔ ''میں مر رہا ہوں میگوئیل۔ مجھے بچاؤ۔'' یا وہ تشنج بھرے انداز میں اُبکائی لیتا۔ جب وہ رکا تو تھک چکا تھا۔ اس نے ایک ہاتھ سے رُوبن کو پانی سے اونچ کر رکھا تھا اور دوسرے ہاتھ سے سطح پر دائرے بنا رہا تھا۔ اس نے منھ کھول کر گہری سانس لی۔ درد کی شدت سے رُوبن کا چہرہ کھنچ اور ہونٹ بگڑ کر پیچھے کی جانب مڑ گئے تھے۔

''بھائی!'' میگوئیل بڑبڑایا۔ ''ہمیں بس تھوڑی دور اور جانا ہے۔ رُوبن کوشش کرو، مجھے جواب دو۔ بولو، تم اس طرح مت پڑو۔''

اس نے اسے زور سے طمانچہ مارا تو رُوبن نے آنکھیں کھولیں اور بمشکل اپنے سر کو حرکت دی۔

''بولو بھائی۔'' میگوئیل نے دہرایا۔ ''جسم پھیلانے کی کوشش کرو۔ میں تمھارے پیٹ کو ملنے لگا ہوں۔ ہمیں بس تھوڑی دور جانا ہے۔ ہمت مت ہارو۔''

اس نے پانی کے اندر ٹٹول کر دیکھا کہ رُوبن کی ناف پر ایک گانٹھ بنی ہوئی تھی جو پیٹ کے زیادہ حصے پر پھیل چکی تھی۔ اس نے اسے کئی مرتبہ ملا، پہلے آہستہ آہستہ، پھر سختی سے۔ رُوبن چلا اٹھا، 'میں مرنا نہیں چاہتا۔ میگوئیل مجھے بچا لو۔''

وہ اس بار رُوبن کو ٹھوڑی سے تھام کر دوبارہ تیرنے لگا۔ جب بھی کوئی لہر انھیں اپنی لپیٹ میں ل

رُوبن حبس دم کا شکار ہو جاتا اور میگوئیل پکار کر اسے کھنکار کر تھوک پھینکنے کے لیے کہتا۔ وہ ایک لمحے کے لیے بھی رکے بغیر تیرتا رہا، کبھی آنکھیں بند کرتا تو کبھی کھولتا۔ وہ اپنے اندر پھوٹ پڑنے والے ایک نوع کے اعتماد کی وجہ سے جوشیلا ہو رہا تھا، ایک پُر جوش، فخر بھرا اور ترغیب آور احساس، جس نے اسے سردی اور تھکن سے محفوظ رکھا تھا۔ ایک زیر آب چٹان نے اس کی ٹانگ کو چھیلا تو وہ چلایا اور تیز تیز تیرنے لگا۔ کچھ دیر کے بعد وہ کھڑا ہو کر رُوبن کا جھپی ڈالنے کے قابل ہو گیا۔ اسے اپنے ساتھ لپٹائے، اس کے سر کو اپنے ایک کندھے پر ٹکا ہوا محسوس کرتے ہوئے وہ کافی دیر کھڑا رہا۔ پھر اس نے اپنے اگلے بازوؤں کے سہارے سے رُوبن کو اپنی کمر اور ٹانگیں سیدھی کرنے میں مدد دی۔ اس کے پیٹ کی تب تک مالش کرتا رہا جب تک کہ گانٹھ کھلنے نہ لگی۔ اب رُوبن چیخ و پکار نہیں کر رہا تھا۔ وہ اپنے بدن کے ایک عضو کو مکمل طور پر پھیلاتے ہوئے خود بھی دونوں ہاتھوں سے مل رہا تھا۔

''کیا تم بہتر ہوئے؟''

''ہاں بھائی۔ اب میں ٹھیک ہوں۔ چلو، چلیں۔''

جب وہ پتھروں کے اوپر چل رہے تھے تو ان کے اندر ایک ناقابل بیان مسرت بھر گئی۔ ان کے سر جھکے ہوئے اور نھیں سمندری کنکریاں نہیں چبھ رہی تھیں۔ جلد ہی انھیں چٹانوں کے نوکیلے سِرے، غسل گھر کی عمارت دکھائی دینے لگی اور آخر کار جب وہ ساحل کے نزدیک ہوئے تو انھوں نے عورتوں کے جھروکوں میں شاہینوں کو دیکھا جن کی نگاہیں انھیں تلاش رہی تھیں۔

''ہے!'' رُوبن بولا۔

''ہاں؟''

''انھیں کچھ مت بتانا۔ براہ مہربانی، انھیں مت بتانا کہ میں بیمار پڑ گیا تھا۔ میگوئیل، ہم ہمیشہ سے قریبی دوست رہے ہیں۔ میری خاطر یہ مت کرنا۔''

''کیا واقعی تمھارا یہ خیال ہے کہ میں اس قسم کا گھناؤنا شخص ہوں؟'' میگوئیل نے کہا۔ ''فکر مت کرو، میں کوئی بات نہیں کروں گا۔''

وہ کانپتے ہوئے اوپر چڑھے۔ شاہینوں کی فلک بوس چیخ و پکار کے درمیان وہ زینے کے ایک قدمچے پر بیٹھ گئے۔

''ہم اپنی تعزیت تمھارے گھر والوں کو بھیجنے ہی والے تھے۔'' ٹوبیاس نے کہا۔

''تم لوگ آدھ گھنٹے سے زائد پانی میں رہے ہو۔'' ٹوبیاس بولا۔ ''اب یہ بتاؤ کیا نتیجہ رہا؟''

اپنی بنیان سے اپنے جسم کو خشک کرتے ہوئے رُوبن نے پُرسکون لہجے میں بولتے ہوئے وضاحت کی ۔''بتانے لیے کچھ نہیں ہے۔ ہم لہروں پر تیرتے گئے اور واپس لوٹ آئے۔ ہم شاہین ایسے ہی ہیں۔ میگوئیل نے مجھے شکست دے دی؛ بمشکل محض ہاتھ بھر کے فاصلے سے۔ اگر یہ مقابلہ پیرا کی کے تالاب میں ہوتا تو یہ اپنے آپ کو بیوقوف بنا رہا ہوتا۔''

میگوئیل پر، جو اپنا بدن خشک کیے بغیر ہی لباس پہن رہا تھا، مبارکبادی اور تالیوں کی برسات ہونے لگی۔

''تم مرد بنتے جا رہے ہو۔'' میلانیس نے کہا۔

میگوئیل نے کوئی جواب نہیں دیا۔ وہ مسکراتے ہوئے سوچ رہا تھا کہ آج وہ کس طرح سالازار پارک میں جائے گا۔ میلانیس کا شکریہ کہ سارے میرافلورس کو پتہ چل جائے گا کہ اس نے بہادری سے مقابلہ جیت لیا اور فلورا اپنی چمکتی ہوئی آنکھوں سے اس کا انتظار کر رہی ہوگی۔ ایک سنہرا مستقبل اس کے سامنے راہیں کھول رہا تھا۔

پیانو

اینی بل میکاڈو (برازیل)

ترجمہ: صغیر ملال

''روزیلا، سن رہی ہو؟'' جوڈی نے چیخ کر کہا۔ ''میں نے اسے کھڑے کھڑے نکال دیا۔ کم بخت کو شرم بھی نہیں آئی۔ یہ تو پانچ سو میں بھی مہنگا ہے۔''

''اچھا کیا۔'' روزیلا نے اوپر کے کمرے سے جھانک کر جواب دیا۔ ''مفت لینا چاہ رہا ہوگا، تاکہ کسی شوقین کو بیچ دے۔ اسی طرح تو یہ لوگ امیر بن جاتے ہیں۔''

''مجھے معلوم ہے۔'' جوڈی بڑبڑایا۔ ''یہ ان کی پرانی ترکیب ہوں۔''

روزیلا اور سارا نیچے آکر پیانو پر پیار سے ہاتھ پھیرنے لگیں۔ انھیں محسوس ہو رہا تھا جیسے ان کے ساز کی بے عزتی کی گئی ہے۔

''تم دیکھنا ہمیں اس کی کتنی زبردست قیمت ملے گی۔'' جوڈی نے اپنی بیوی اور بیٹی کے اعتماد میں اضافہ کیا۔ ''اس طرح کے پیانو بنانے والے کاریگر دنیا سے رخصت ہو گئے ہیں۔''

''اخبار میں چھوٹا سا اشتہار دے دو۔'' روزیلا نے کہا۔ ''خریداروں کی فوج جمع ہو جائے گی۔ مجھے تو یہ سوچ کر افسوس ہوتا ہے کہ ہمیں بالآخر اس سے جدا ہونا پڑے گا۔''

''یہ تو فن کا نمونہ ہے۔'' جوڈی نے تائید میں سر ہلایا۔ ''اس پر صرف نظر پڑ جائے تو کانوں میں موسیقی گونجنے لگتی ہے۔''

لیکن انھیں معلوم تھا کہ پیانو فروخت کیے بغیر چھوٹے کمرے کو سارا کے حجرۂ عروسی میں تبدیل نہیں کیا جاسکتا، اور پیانو کی قیمت ہی سے سارا کی شادی کا جوڑا تیار ہونا تھا۔

تین دن بعد اخبار میں اشتہار آ گیا، اور اس دن صبح سے پیانو کو جھاڑ پونچھ کر اس پر پھولوں بھرے

گلدان سجا دیے گئے۔

سب سے پہلے ایک عورت اپنی بیٹی کے ساتھ کمرے میں داخل ہوگئی۔لڑکی نے پیانو کے سامنے رکھے اسٹول پر بیٹھ کر ایک دھن کے مطابق انگلیاں چلائیں۔

''اس کے سب سر ڈھیلے ہیں، امی۔''لڑکی نے کہا۔''یہ اندر سے ہل گیا ہے۔''

عورت نے فوراً لڑکی کا ہاتھ تھام کر دروازے کا رخ کیا۔''ذرا سوچو۔'' عورت ناگواری سے بولی، ''ایک بیکار چیز کے لیے اتنا فاصلہ طے کیا۔''

جوڈی اور اس کی بیوی کے پاس جواب دینے کی فرصت نہیں تھی، کیوں کہ تین امیدوار اندر آ چکے تھے ۔سرخ بالوں والا ایک شخص، عینکیں پہنے ہوئے سنجیدہ چہرے والی ایک لڑکی اور ایک عورت جو اپنی نشست و برخاست سے کوئی دولت مند بیوہ معلوم ہوتی تھی۔

''میں آپ سے پہلے آئی تھی۔''لڑکی نے دولت مند بیوہ سے کہا جو پیانو کا معائنہ کرنے آگے بڑھ رہی تھی۔

''کمرے میں پہلے داخل ہونے سے کوئی فرق نہیں پڑتا۔'' عورت کے لہجے میں تکبر تھا۔''میری کار گھر کے دروازے پر رک چکی تھی محترمہ، جب میں نے تمھیں سڑک پار بس سے اترتے دیکھا تھا۔''

گاہکوں کے درمیان یہ بحث گھر والوں کے لیے بہت خوش کن تھی۔ روزیلا نے مسکرا کر سب کو بیٹھنے کا اشارہ کیا اور ان کے لیے کافی بنانے کچن میں چلی گئی۔ کافی پینے کے دوران عینکوں والی لڑکی پیانو کے گرد گھوم کر اسے آگے پیچھے سے دیکھتی رہی، پھر یکلخت اس نے کسی ماہر فن کی طرح پیانو بجانا شروع کر دیا۔لیکن پیانو سے نکلنے والی آواز واضح طور پر دلخراش تھی۔ ساز کن سرا تھا، اور اس کی بنیادی ہم آہنگی یکسر بگڑ چکی تھی۔ جوڈی نے فوراً خواہش مندوں کے چہروں کی جانب دیکھا۔ دولت مند بیوہ کی پیشانی شکن آلود ہو چکی تھی۔ سرخ بالوں والا شخص جامد و ساکت بیٹھا رہا۔ اسی دوران ایک اور عورت ایک چھوٹی سی لڑکی کا ہاتھ تھامے کمرے میں داخل ہوئی اور ایک کونے میں بیٹھ کر پیانو کی آواز پر ہمہ تن گوش ہوگئی۔

یوں لگ رہا تھا جیسے لوگ کمرۂ عدالت میں بیٹھے ہوں اور پیانو ملزم کی حیثیت سے اپنا دفاع پیش کر رہا ہو۔لڑکی اس طرح انگلیاں چلا رہی تھی جیسے وہ ساز سے اس کے جرم کا اعتراف کروانا چاہتی ہو۔ کچھ کنجیوں سے بہت تیز اور ٹیڑھی آوازیں نکل رہی تھیں، جب کہ کچھ کنجیاں پوری دبنے کے باوجود بالکل خاموش رہتی تھیں۔ اچانک گھر کی پالتو کتیا ڈولی پوری طاقت سے بھونکنے لگی۔ سب کے ہونٹوں پر مسکراہٹ پھیل گئی، یہ بھی ان کا احسان تھا کہ کوئی قہقہہ مار کر نہیں ہنسا۔ جوڈی کو محسوس ہوا جیسے اب لڑکی کو ساز سے ذاتی ضد سی ہوگئی ہے۔ وہ مردہ کنجیوں پر دیر تک انگلیاں رکھ کر خاموشی کے وقفے کو بھی طویل کر رہی تھی اور تیز آواز والی کنجیوں پر ارادتاً زور سے ہاتھ مار کر دردناک حد تک اونچی گونج پیدا کرتی تھی۔ یہ انتہائی غیر متوقع صورت حال تھی۔

''دراصل بات یہ ہے۔'' جب شرمندگی ناقابل برداشت ہوگئی تو جوڈی نے کھنکھار کر گلا صاف کیا اور

بولا، ''یہ ساز موسم کے سلسلے میں بہت حساس ہے، درجۂ حرارت میں ذراسی کمی بیشی اس پر بری طرح اثرانداز ہوتی ہے۔''

لڑکی نے یکدم پیانو سے ہاتھ اٹھالیے، اپنے ہونٹوں پر ازسرنولپ اسٹک کی تہہ جمائی، اور کندھے اچکا کر بولی، ''مجھے نہیں معلوم آپ لوگوں نے کیا سوچ کر اس 'معذور' کا اخبار میں اشتہار دے دیا۔'' یہ کہہ کر وہ جواب کا انتظار کیے بغیر کمرے سے نکل گئی۔

کمرے میں سکوت چھا گیا۔ چند لمحوں کے لیے جوڈی بھی خالی الذہن ہو کر فرش پر پڑے ایک دھبے کو گھورنے لگا۔ پھر اچانک اسے ہوش آیا اور اس نے چونک کر نظریں اٹھائیں۔ ''بات یہ ہے۔'' اس نے ایک ایک لفظ پر زور دے کر کہا۔ ''اس طرح کے پیانو اب نہیں بنائے جاتے۔ اس طرح کوئی بنا ہی نہیں سکتا۔''

ماحول پر ایک بار پھر خاموشی چھا گئی۔ بالآخر بالوں والے شخص نے سب کی مشکل آسان کر دی۔ ''تم نے اس کی قیمت کیا لگائی ہے؟'' اس نے پوچھا۔

''پانچ ہزار۔'' جو کچھ ہو چکا تھا، اس کے پیش نظر جوڈی نے خود ہی قیمت آدھی کر دی تھی۔ سناٹا مزید گہرا ہو گیا۔

''میں سوچ کر بتاؤں گی۔'' دولت بیوہ نے اٹھلا کر کہا، اور اس کے ساتھ ہی سب لوگ اٹھ کر چل پڑے۔

جب وہ کمرے سے نکل رہے تھے تو ایک نیا شخص پیانو پر نظریں گاڑے اندر داخل ہو رہا تھا۔

''آپ بھی پیانو خریدنے آئے ہیں؟'' جانے والوں میں سے کسی نے پوچھا، ''بات یہ ہے کہ۔۔۔''

''آیئے، آیئے۔ خوش آمدید۔'' جوڈی نے رخصت ہونے والے کی بات مکمل ہونے سے پہلے بلند آواز میں کہا۔ ''بات یہ ہے کہ صبح سے لوگ آرہے ہیں، جا رہے ہیں اور بولیاں لگا رہے ہیں۔ آپ بھی آئیں۔ خوش آمدید۔''

ادھیڑ عمر نووارد کے بالوں میں کہیں کہیں سفیدی کی جھلک تھی۔ وہ شکل سے بہت سنجیدہ دکھائی دیتا تھا۔ اس نے ساز کا ڈھکن اٹھا کر اسے نہایت غور سے دیکھا۔ ''غالباً یہ شخص موسیقی کا استاد ہے۔'' جوڈی کو خیال آیا۔

نووارد نے پیانو کی قیمت نہیں پوچھی۔ ''شکریہ''۔ اس نے کہا اور خود ہی دروازہ کھول کر چلا گیا۔

سارا اپنے کمرے میں لوٹ گئی۔ روزیلا اور جوڈی نے ایک دوسرے کو مایوس نظروں سے دیکھا۔

''اس کی قدر کرنے والے لوگ کم ہیں۔'' جوڈی نے اداسی سے کہا، ''اگر صحیح قیمت نہ ملی تو میں اسے نہیں بیچوں گا۔''

''لیکن سارا کا عروسی جوڑا؟'' روزیلا آہستگی سے بولی۔

''میں قرض لے سکتا ہوں۔''

''تم اپنی تنخواہ سے قرض نہیں چکا پاؤ گے۔''

''ہم شادی ملتوی کر سکتے ہیں۔''

''جوڈی، وہ ایک دوسرے سے پیار کرتے ہیں۔ جوڑا ہو یا نہ ہو وہ شادی کرنا چاہیں گے۔ یہ ان کا مسئلہ نہیں ہے، ہماری عزت کا سوال ہے۔''

جوڈی خاموش ہو گیا۔

''اور پھر اصل مصیبت جوڑا نہیں ہے۔'' روزیلا نے گفتگو آگے بڑھاتے ہوئے کہا، ''ہمارا مکان ماچس کی ڈبیہ جتنا ہے۔ سارا اور اس کے خاوند کو صرف یہ کمرہ دیا جا سکتا ہے اور جب تک یہاں سے پیانو نہیں ہٹے گا ،کمرے میں گندم کا دانہ بھی نہیں سما سکتا۔''

دوسرے دن جوں ہی جوڈی کام سے واپس آیا، اس نے پیانو ہی کے بارے میں سوال کیا، ''آج کتنے لوگ اسے دیکھنے آئے؟''

''کچھ ٹیلی فون آئے۔'' روزیلا نے بتایا۔ ''ایک بوڑھا آدمی بھی آیا۔ اور ہاں۔۔۔ وہ سرخ بالوں والا شخص دوبارہ آیا تھا۔''

''کسی نے دلچسپی بھی ظاہر کی۔''

''ہاں۔ دلچسپی تو ظاہر کی، مگر کوئی خریدنے پر آمادہ نہیں ہوا۔''

''دلچسپی تو لی،'' جوڈی کے چہرے پر مسکراہٹ بکھر گئی۔ ''غور سے دیکھ رہے ہوں گے۔ ہے نا؟ تعریفی نظروں سے۔ یہ فن کا نمونہ ہے۔ اس سے کوئی متاثر ہوئے بغیر نہیں رہ سکتا۔''

''بوڑھا آدمی تو اس سے بہت متاثر ہوا،'' سارا نے کہا، ''ہر زاویے سے دیکھتا رہا۔ اس کا بس چلتا تو اسے آنکھوں میں سمیٹ کر گھر لے جاتا۔''

''بس آدمی کا باذوق ہونا ضروری ہے۔'' جوڈی فرطِ مسرت سے کھل گیا۔ ''پرانی چیزوں میں ایک ماورائی کیفیت پیدا ہو جاتی ہے، ایک طرح کی روحانی صورت حال، اس کی پہچان کے لیے صاحب نظر ہونا لازمی ہے۔ یہ قدرت کا عطیہ ہے، جسے مل گیا اس کی قسمت۔''

روزیلا اور سارا اسے خاموشی سے دیکھتی رہیں۔ جوڈی اپنے باپ سے ورثے میں ملنے والے ساز کے سلسلے میں بہت حساس تھا۔ ''وہ اپنا پتہ چھوڑ گیا، سارا؟ وہ بوڑھا شخص جسے پیانو پسند آیا۔ نہیں؟ اوہ اچھا! اس کا دوبارہ آنے کا ارادہ ہوگا۔'' جوڈی ایک لمحے کے لیے بجھ گیا تھا، مگر فوراً ہی اس کے چہرے کی اڑی ہوئی رنگت واپس آ گئی اور وہ پیانو کے گرد چکر لگانے لگا۔

''میرا پیانو۔'' اس نے پیار بھرے لہجے میں سرگوشی کی اور پیانو کی لکڑی پر یوں ہاتھ پھیرا جیسے کسی جانور کی کمر سہلا رہا ہو۔

تیسرے دن کوئی نہیں آیا۔ ٹیلی فون پر ایک آواز نے دریافت کیا کہ پیانو نیا ہے یا پرانا؟

''پرانا ہے۔'' روزیلا نے کہا۔ ''مگر جس طرح ہم نے اس کی حفاظت کی ہے۔۔۔'' روزیلا کا جملہ مکمل

ہونے سے پہلے فون بند ہو گیا۔

''کل چھٹی کا دن ہے۔'' جوڈی کو خیال آیا۔ ''کل بہت لوگ آئیں گے۔''

ایک آدمی اپنی بیٹی کے ساتھ بہت بڑی کار میں آیا۔ وہ جوڈی کا خستہ حال مکان دیکھ کر باہر ہی سے واپس جانے لگا مگر اپنی بیٹی کی ضد سے مجبور ہو کر نیم دلی سے دروازے تک آیا اور پیانو کے بارے میں چند بنیادی سوالات کر کے تیزی سے پلٹ گیا۔ ''مجھے دراصل کسی اچھے ساز کی ضرورت ہے۔'' اس نے جاتے ہوئے کہا۔

جوڈی کے چہرے کے نقوش غم و غصے کی شدت سے ابتر ہونے لگے تھے۔ اس نے ہمیشہ اپنے اجداد کی نشانی کو سینے سے لگائے رکھا تھا۔ وہ تصور بھی نہیں کر سکتا تھا کہ ایک دن اسے اپنے بزرگوں کے ورثے سے یوں جدا ہونا پڑے گا اور یہ بات تو اس کے لیے قیامت سے کم نہ تھی کہ پورے شہر میں کوئی اس فن پارے کی اصل حیثیت سے آشنا نہیں تھا۔ لوگ اسے عام سی چیز سمجھ رہے تھے اور یہ جوڈی کی توہین تھی۔

روزیلا کو نا امید ہونے میں دیر نہیں لگی لیکن وہ بہر حال اپنے شوہر کو مایوسی سے بچانا چاہتی تھی۔

''آج کتنے آئے؟'' شام کے وقت اس کا پہلا سوال یہی ہوتا تھا۔ ''دو ٹیلی فون۔ انھوں نے اپنے نام نہیں بتائے۔ شاید ان کا خود آنے کا ارادہ ہو۔ ظاہر ہے نوادرات کی قیمت کا اندازہ انھیں دیکھ کر ہی لگایا جا سکتا ہے۔ یہ تو وہ بھی سمجھتے ہیں۔'' روزیلا کی آواز ہموار اور لہجہ تسلی بخش ہوتا تھا۔

''سرخ بالوں والا نہیں آیا؟''

''وہ بھی آئے گا۔ مجھے یقین ہے۔''

چند دنوں بعد ٹیلی فون آنے بھی بند ہو گئے۔ جوڈی کے احساسات اس شخص جیسے تھے جس کا عزیز دوست ٹرین پر سوار ہونے کے لیے وقت پر نہ پہنچ پائے تو اسے دوست کی صورت حال پر افسوس ہونے کے باوجود اس بات کی خوشی بھی ہوتی ہے کہ اب وہ مزید کچھ وقت اپنے دوست کے ساتھ گزار سکتا ہے۔ جوڈی پیانو کے پاس بیٹھ کر پہروں اسے دیکھتا رہتا تھا۔ اس کے خاندان کی تین نسلیں اس ساز پر موسیقی بجاتی جوان ہوئی تھیں۔ ہر نسل کے چند افراد تو زندگی کے آخری ایام تک اس پر اپنی پسندیدہ دھنیں بجاتے رہے تھے۔ اس پیانو نے کتنے لوگوں کا دل بہلایا تھا۔ اس کے آس پاس کتنے رقص ہوئے تھے۔ کتنی محبتیں پروان چڑھی تھیں۔ کتنے خواب دیکھے گئے تھے۔ محفلیں اجڑ گئی تھیں، نسلیں گزر گئی تھیں، مگر پیانو اپنی جگہ موجود تھا۔ اس کے بزرگوں کی نشانیوں میں سے واحد چیز تھی جو زمانے کی دستبرد سے محفوظ رہ گئی تھی۔ پیانو ایک لحاظ سے لازوال ثابت ہوا تھا۔

''سارا۔'' اس نے اپنی بیٹی کو آواز دی۔ ''نیچے آؤ۔ ذرا چاپن کی دھن بجا کر سناؤ۔ دیکھوں تمھیں یاد ہے یا بھول گئی ہو۔''

''رہنے دیں پاپا۔'' سارا نے اوپر سے جواب دیا۔ ''اب پیانو کی آواز کانوں کو چبھتی ہے۔''

''کیا کہہ رہی ہو۔'' روزیلا نے سرگوشی کی۔ ''تمھیں اپنے ابا کے جذبات کا ذرا بھی خیال نہیں ہے؟''

''مجھے نہیں معلوم۔'' سارا نے ناگواری سے کہا، ''جب تک یہ کھٹارا گھر سے نہیں نکلتا، میرے اور لیفٹننٹ

کے لیے جگہ نہیں بنے گی۔ ہمارا پلنگ کہاں سمائے گا؟''

دن پر دن گزرتے گئے لیکن موسیقی کا کوئی شوقین پیانو کے بارے میں ابتدائی معلوم حاصل کرنے بھی نہیں آیا۔ ایک روز سرخ بالوں والے شخص نے فون کر کے ساز کے بارے میں یوں پوچھا جیسے کوئی ڈاکٹر کسی قریب المرگ مریض کا حال دریافت کر رہا ہو۔

''جوڈی، کچھ سوچا؟ اب ہم کیا کریں گے؟'' بالآخر روزیلا پوچھے بغیر نہ رہ سکی۔

''کس سلسلے میں کیا کریں گے؟'' جوڈی نے حیرت سے دریافت کیا۔

''یہی --- پیانو!''

''میں اسے نہیں بیچوں گا۔'' یک لخت جوڈی کی آواز اونچی ہوگئی۔ ''ان کیڑے مکوڑوں کو معلوم ہی نہیں کہ پیانو ہوتا کیا ہے۔ یہ تو ہر چیز میں منافع کمانا چاہتے ہیں۔ کوئی موسیقی کا سچا شوقین ہو تو اسے یہ مفت دینے کو تیار ہوں۔ کم از کم وہ اس کی عزت تو کرے گا۔ اس کا مقام تو پہچانے گا۔''

جوڈی کا چہرہ سرخ ہو گیا اور وہ مٹھیاں بھینچ کر کمرے میں ٹہلنے لگا۔ کچھ دیر بعد اس نے آواز دھیمی کرتے ہوئے کہا، ''سنو روزیلا! نجو کا میں اپنے رشتے داروں کو فون کرتے ہیں۔''

روزیلا اس کے فیصلے سے خوش ہوگئی۔

''ہیلو، کون؟ ماسیا؟ باہر گیا ہوا ہے۔ تم کون؟ اوہ موکٹیا! میں جوڈی، سنو۔ ہم تمھیں اپنا پیانو دینا چاہتے ہیں --- ہاں تحفہ --- نہیں بھئی مذاق کیوں کریں گے --- ہاں ہاں واقعی --- بالکل مفت --- کیا؟ ظاہر ہے تحفے کی قیمت کون لیتا ہے --- کیوں کہ اس طرح یہ خاندان ہی میں رہے گا۔ گھر کی چیز گھر میں رہے تو اچھا ہے۔ بس آدمی بھیجو اور اٹھوا لو۔ شکریے کی کیا بات ہے --- تم اور ہم ایک ہی تو ہیں --- ہاں ہمیں بھی خوشی ہوئی۔''

فون بند کر کے وہ روزیلا کی جانب رخ کرتے ہوئے بولا، ''وہ یقین ہی نہیں کر رہی تھی۔ کہنے لگی اپریل سے پہلے ہی اپریل فول بنا رہے ہو؟ احمق!''

روزیلا عرصہ بعد اتنی خوش دلی سے ہنسی تھی۔ جوڈی، پیانو کے اتنے نزدیک چلا گیا جیسے اس سے باتیں کرنا چاہ رہا ہو۔

''میرے ضمیر پر کوئی بوجھ نہیں ہے۔'' اس نے زیر لب کہا۔ ''میں تمھاری توہین برداشت نہیں کر سکتا تھا۔ ہمارا ان سے خون کا رشتہ ہے، تم خاندان میں رہو گے۔ میرے بچوں کے بچے بھی تمھیں پہچانیں گے۔ تمھاری عزت کریں گے۔ تم انھیں بھی دلکش دھنیں سناؤ گے۔ مجھے معلوم ہے میں نے جو کچھ کیا ہے، تمھاری بہتری کے لیے کیا ہے۔ تم مجھ سے ناراض نہیں ہو گے۔''

''وہ اپنا آدمی کب بھیج رہے ہیں؟'' روزیلا بیچ میں بول پڑی۔ اسے دلہا، دلہن کے لیے کمرہ سجانے کی جلدی تھی۔

دوسرے دن ماسیا کا فون آیا۔ وہ دیر تک روزیلا سے باتیں کرتا رہا۔ کیا وہ واقعی پیانو انھیں تحفتاً دے

رہے تھے؟ جب اس کی بیوی نے اسے خبر دی تو اسے یقین نہیں آیا۔ وہ سب ان کی فراخ دلی سے بہت متاثر ہوئے تھے۔ آج کل کون اپنے رشتے داروں کا اتنا خیال رکھتا ہے۔

''تم نے بالکل ٹھیک سنا ہے، ماسیا۔'' روزیلا بولی، ''تمھیں معلوم ہے ہمارے گھر میں کتنی کم گنجائش ہے اور کمرے تو مضحکہ خیز حد تک تنگ ہیں۔ ہم سارا اور اس کے خاوند کے کمرے کو کشادہ کرنا چاہتے ہیں۔ اس کے لیے ہمیں پیانو سے ہٹانا ہوگا اور جوڈی اپنے خاندانی ساز کو اجنبیوں کے حوالے نہیں کرنا چاہتا۔ پیانو تمھیں دینے کا مطلب ہے گھر کی چیز گھر ہی میں رہے گی۔ اس سے اچھی بات کیا ہوسکتی ہے؟ تم فوراً آدمی بھیجو۔''

کئی دن گزر گئے، کوئی نہیں آیا۔ جوڈی اور روزیلا کو اپنے رشتے داروں کی خاموشی پر تعجب ہوا۔

روزیلا نے انھیں فون کیا۔ وہ بہت شرمندہ تھے۔ ویگن کے کرائے اور مزدوروں کے معاوضے نے انھیں پریشان کر دیا تھا۔ ''کچھ دن ٹھہر جاؤ۔'' ماسیا نے کہا، ''ہم کوئی سستا طریقہ ڈھونڈ نکالیں گے۔ ہم خود پیانو لانے کے لیے بہت بے چین ہیں۔ ہم دن رات اسی کے بارے میں سوچتے رہتے ہیں۔''

ایک ہفتے بعد جوڈی نے ان سے رابطہ قائم کیا۔

''تمھیں پیانو چاہیے یا نہیں چاہیے، ماسیا؟'' اس نے دوٹوک انداز اختیار کیا۔

''جوڈی، تم سوچ نہیں سکتے ہم پر کیا گزر رہی ہے۔'' کسی نے ہکلاتے ہوئے جواب دیا۔ ''تم ایک تحفہ دے رہے ہو اور ہم اسے قبول نہیں کر پا رہے۔ مزدور اور ویگن والے تو کھال اتارنے پر تلے ہوئے ہی ہیں، لیکن ہمیں یہ خیال نہیں آیا کہ ہمارا گھر جو پہلے بہت بڑا تھا، اب اتنا بڑا نہیں رہا۔ میرا مطلب ہے جتنا سامان ہم برسوں میں خریدتے رہے ہیں، اس کے بعد تو ہمارے گھر میں بھی اب پہلی جیسی گنجائش نہیں رہی ہے۔ یقیناً ہمیں یہ بات پہلے ہی سوچنی چاہیے تھی مگر۔۔۔ خدایا اس قدر شرمندگی ہو رہی ہے کہ۔۔۔''

''تو تمھیں پیانو نہیں چاہیے؟''

''کیسی بات کر رہے ہو؟ ہمیں چاہیے۔ میرا مطلب ہے، ہم چاہتے ہیں کہ اسے اپنے پاس رکھیں لیکن کیسے رکھیں؟ رکھ بھی نہیں سکتے۔۔۔''

جوڈی نے ٹیلی فون بند کر کے روزیلا کی جانب دیکھا۔ اس کی آنکھوں میں اداسی تھی۔ ''تم نے دیکھا روزیلا! ہم پیانو مفت بھی نہیں دے سکتے۔ ہم اسے کسی کو دے بھی نہیں سکتے۔''

کمرے میں چھانے والی سنگین خاموشی کو سارا کی سسکیوں نے توڑا۔ وہ یکلخت پھوٹ پھوٹ کر رونے لگی۔

''فکر نہیں کرو بیٹی۔'' اس کی ماں نے تسلی دی۔ ''اب ہم اس کی قیمت پر بحث ہی نہیں کریں گے۔ جس نے جتنی قیمت لگائی ہے، ہم قبول کر لیں گے۔''

''اسے اسی وقت دفع کریں، امی۔'' سارا نے تلخی سے کہا، ''اسی وقت۔ ابھی۔ چند دنوں میں میری شادی ہونے والی ہے اور میرا کمرہ ہی تیار نہیں ہوا۔ کوئی چیز نہیں آ رہی۔ صرف اس لیے کہ یہ۔۔۔ یہ منحوس پیانو

یہاں سے نکل نہیں رہا۔"

"آہستہ بولو بیٹی۔ تمھارے ابا سن لیں گے۔"

"میں چاہتی ہوں کہ وہ سنیں۔ انھیں سننا چاہیے۔ وہ کب تک کان بند کیے رکھیں گے۔"

اس رات جوڈی بہت کم سویا۔ وہ انسانی زندگی کے بارے میں سوچتا رہا۔ اسے سمجھ میں نہیں آ رہا تھا کہ آدمی زندہ کیوں رہنا چاہتا ہے۔ صبح کے قریب وہ زندگی اور پیانو کے خلاف ہو چکا تھا۔ وہ کام پر جانے کی بجائے محلے کے شراب خانے میں چلا گیا۔

روز یلا حیرت زدہ رہ گئی۔ اس کا خاوند شرابی نہیں تھا۔

دوپہر کے وقت وہ بوسیدہ کپڑوں میں ملبوس تین مزدوروں کے ہمراہ گھر واپس آیا۔ مزدوروں نے پیانو کو اچھی طرح ناپنے تولنے کے بعد صاف کہہ دیا کہ اتنا بڑا ساز اٹھا کر لے جانے کے لیے تین سے زیادہ مزدور چاہیے ہوں گے۔"

"کوئی گاہک مل گیا؟" ماں اور بیٹی نے یک زبان ہو کر پوچھا۔

"نہیں۔ اسے کوئی نہیں خریدنا چاہتا۔"

"تو مفت دینے کا فیصلہ کر لیا؟"

"نہیں، میری پیاری بیوی۔ اسے کوئی مفت نہیں لینا چاہتا۔"

"تو پھر تمھارا کیا ارادہ ہے؟ اب تم کیا کرنا چاہتے ہو؟"

جوڈی کی آنکھیں نم ہو گئیں، مگر اس کی آواز ہموار رہی۔ "میں اسے سمندر میں پھنکوا رہا ہوں۔"

"نہیں پاپا نہیں۔" سارا چیخ پڑی۔ "یہ پاگل پن ہے۔"

سمندر ان کے گھر سے زیادہ دور نہیں تھا۔ انھیں رات کی خاموشی میں کبھی کبھی بپھرے ہوئے سمندر کی لہروں کی گونج سنائی دیتی تھی۔ ان کے گھر سے ساحل تک پہنچنے کے لیے مکانوں کی تین قطاریں عبور کرنی پڑتی تھیں۔

"لیکن جوڈی۔" روزیلا نے گہری سوچ سے نکل کر کہا، "ہمیں پہلے بات کر لینی چاہیے تھی۔ شاید کوئی اور راستہ نکل آتا۔ لوگ اس بات کا بہت مذاق اڑائیں گے۔ پیانو سمندر میں پھینکتے دیکھ کر محلے والے بہت ہنسیں گے۔"

"ہم اور کیا کر سکتے ہیں، روزیلا؟ یوں بھی کتنے جہاز سمندر میں ڈوب جاتے ہیں۔ ان میں سے کئی پر پیانو بھی ہوتے ہیں۔"

لیکن پیانو ان تین مزدوروں کے بس سے باہر تھا۔

"ٹھیک ہے۔" جوڈی نے مزدوروں کو مخاطب کر کے بلند آواز میں کہا۔ "کل ہم زیادہ آدمی لائیں گے۔"

تین مزدور کچھ دیر آپس میں باتیں کرتے رہے، پھر ان میں ایک ڈرتے ڈرتے آگے آیا اور جھجکتے ہوئے تینوں کی نمائندگی کرنے لگا۔ ''بات یہ ہے جناب کہ اتنی قیمتی چیز کا سمندر میں پھینک دینا ہماری سمجھ میں نہیں آتا۔ یہ اتنی اچھی حالت میں ہے، آپ اس کے لیے اخبار میں اشتہار کیوں نہیں دیتے؟''

''کیا؟'' جوڈی کی آنکھیں پھیل گئیں۔ ''ہاں، اخبار میں اشتہار ٹھیک ہے۔ تم جاؤ، شکریہ۔''

مزدوروں کے جانے کے بعد روزیلا نے اپنے خاوند کے سینے پر سر رکھ دیا اور آنسو روکنے کی کوشش میں آنکھیں میچ لیں۔

''اوہ جوڈی، تم نے کتنا عجیب فیصلہ کیا ہے۔''

''لیکن اگر یہ یہاں نہیں رہ سکتا اور اسے کوئی دوسرا گھر بھی میسر نہیں آرہا تو کیا اسے گلی میں رکھ دوں؟ گلی میں تو۔۔۔''

''مجھے معلوم ہے، جوڈی۔ میں سمجھتی ہوں پیارے۔ مگر میرے دل پر بوجھ ہے۔ اس نے ہمارے بزرگوں کی آنکھیں دیکھی ہیں۔ ان کے احساسات کی ترجمانی کی ہے اور اب۔۔۔ اتنے عرصے بعد ہم اسے سمندر میں پھینکنے کی تیاری کررہے ہیں۔ ذرا اس پر نظر ڈالو۔ کیسے چپ چاپ کھڑا ہے، اپنے انجام سے بے خبر۔۔۔ بیس سال سے تو یہ اسی کونے میں موجود ہے۔۔۔ بے ضرر اور معصوم۔''

''ہمیں جذباتی ہونے سے بچنا چاہیے، روزیلا۔''

روزیلا نے اسے خاوند کی تعریفی نظروں سے دیکھا۔ وہ واقعی مضبوط اعصاب کا مالک تھا۔ ''تمھارا جو جی چاہے کرو، جوڈی۔'' اس نے پیار بھرے لہجے میں کہا۔ ''میں تمھارے ساتھ ہوں۔''

ان کے گھر کے عقب میں سیاہ فام آبادی کے نشیبی علاقے تھے، جہاں کالے بچے صبح سے شام تک خاک میں لوٹیں لگاتے، راہگیروں سے ان کی ادھ کھائی آئس کریمیں مانگتے اور سینما گھروں کے باہر لگی تصویروں کو دیکھ کر فحش حرکتیں کرتے تھے۔ جوڈی نے نشیبی علاقے سے نیگرو بچے جمع کیے اور انھیں طرح طرح کے لالچ دیتا گھر تک لے آیا۔

آج ہوا کی تندی سے بحر اوقیانوس کی لہریں خطرے کے نشان تک جھاگ کے ڈھیر لگا رہی تھیں لیکن کمرے کے نیم تاریک کونے میں پرانا پیانو حسب دستور خاموش تمکنت اور وقار کے ساتھ اپنی نمایاں حیثیت پر فائز تھا۔ جوڈی نے کمرے میں داخل ہو کر ایک لمحے کے لیے پیانو کو نظر بھر کر دیکھا۔ ''آجاؤ بچو۔'' اس سے پہلے کہ اس کے دل میں اٹھنے والا غبار اس کی بینائی کو دھندلا کرتا، وہ دروازے سے باہر جھانک کر چیخا۔ ''شاباش آجاؤ۔ آج معلوم ہو جائے گا تم کتنے طاقتور ہو۔''

چار بجے سہ پہر جوڈی کے گھر سے پیانو کا جنازہ گلی میں نمودار ہوا۔ لوگوں نے دائیں بائیں ہو کر پیانو کے لیے بیچ کا راستہ کھلا چھوڑ دیا۔ کچھ لوگ نزدیک آکر اسے دیکھتے اور کچھ اسے چھونے کی کوشش بھی کررہے تھے۔ روزیلا اور سارا اپنے دروازے پر کھڑی اسے گلی عبور کرتے دیکھ رہی تھیں۔ دونوں اپنی ڈبڈبائی آنکھیں

ایک دوسرے سے چھپانے کی کوشش کر رہی تھیں۔

''کس طرف؟'' گلی کے کونے پر پہنچ کر نیگرو بچوں نے پوچھا۔

''سمندر کی طرف۔'' جوڈی نے نیوی کے کمانڈر کی طرح تحکمانہ لہجے میں کہا، اور چند لمحوں تک بحر اوقیانوس کی جانب انگلی لہراتا رہا۔

''سمندر کی طرف۔ سمندر کی طرف۔'' بچوں نے یک زبان ہو کر کہا اور جوش میں اتنی تیزی سے ہاتھ بدلے کہ پیانو ڈول گیا۔

لڑکے سمجھ گئے تھے کہ پیانو کو سمندر میں ڈبو دیا جائے گا۔ اس انکشاف سے وہ مزے میں آ گئے تھے، اب انھوں نے گنگنانا اور شور مچانا شروع کر دیا تھا۔ یکلخت اتنا ہنگامہ برپا ہو گیا کہ جوڈی کی پالتو کتیا 'ڈولی' جو اب تک اس کے قدموں کے ساتھ خاموشی سے چل رہی تھی، ہوا میں اچھل اچھل کر بھونکنے لگی۔

جہاں جہاں سے جلوس گزرتا، دروازے اور کھڑکیاں کھل جاتیں۔ بالکونیوں پر زیادہ تر نوجوان لڑکیاں جمع ہو جاتی تھیں جنھیں دیکھ کر پیانو بردار نیگرو لڑکے اور زور سے گنگنانے لگتے تھے۔ عجیب عجیب آوازیں سنائی دیتیں۔

''خداوندا، یہ کیا ہے؟'' ایک عورت بولی۔

''پیانو ہے!'' دوسری نے جواب دیا۔

''پیانو؟''

''ہاں ہاں پیانو ہے۔'' ایک نیگرو بچہ جسے بڑی عمر کے لڑکے ساز کو ہاتھ نہیں لگانے دے رہے تھے، ہر مکان کے سامنے جا کر پورے خاندان کو مطلع کرتا تھا۔ ''پیانو ہے۔ ننانوے نمبر والوں کے ہاں سے آیا ہے۔''

''وہاں تو سارا رہتی ہے۔'' کوئی لڑکی کہتی ہے۔

''رہتی ہوگی، مگر یہ تو سمندر میں ڈوبنے جا رہا ہے۔''

''تم اسے بیچ کیوں نہیں دیتے، جوڈی؟'' کوئی آشنا جوڈی کے کان میں سرگوشی کرتا۔

''بیچ دیا۔'' جوڈی مضبوط لہجے میں جواب دیا۔ ''سمندر کو بیچ دیا۔ بحر اوقیانوس سے بڑا خریدار کون ہو سکتا ہے؟'' پھر وہ جوش میں آ کر نیوی کے کمانڈر کا روپ دھار لیتا۔ ''شاباش لڑکو، شاباش، چلتے رہو، ذرا بائیں جانب، حوصلے سے، چلتے رہو، سمندر کی طرف، شاباش۔''

وقفے وقفے سے کوئی لڑکا مستی میں آ کر بازو بڑھاتا اور پیانو کی کنجیوں پر ہاتھ چلانے لگتا۔ ایسے موقع پر پیانو سے آخری ہچکیوں جیسی آوازیں آتیں۔

''بیچو گے؟'' ایک عورت نے بالکونی سے آواز لگائی۔

''نہیں مادام!'' جوڈی نے اتنی ہی بلند آواز میں جواب دیا، ''بیچوں گا نہیں، مفت دوں گا، تحفہ۔۔۔ چاہیے؟''

عورت جھینپ گئی۔ اس نے پاؤں پٹخ کر کچھ کہا اور گھر کے اندر چلی گئی۔

پولینڈ کے مہاجروں کا ایک خاندان جوڈی کی بات سنتے ہی پیانو کے قریب آ گیا۔ ''ہمیں چاہیے۔'' خاندان کے سربراہ نے کہا۔

''ٹھیک ہے، تمھارا ہو گیا۔ لے جاؤ۔'' جوڈی نے لڑکوں کو رکنے کا اشارہ کیا۔

''ہاں ہمیں چاہیے مگر۔۔۔ اس کے لیے گھر میں جگہ بنانی پڑے گی۔ یہ کوئی چھوٹی چیز تو ہے نہیں کہ۔۔۔ کل شام تک۔۔۔''

''ابھی یا کبھی نہیں۔'' جوڈی نے ان کی بات کاٹی۔ ''یہ تمھارے گھر کے سامنے رکھا ہے۔ چاہیے تو اٹھا کر لے جاؤ۔ ابھی۔ اسی وقت۔ نہیں؟ چلو بچو۔ شاباش چلو۔''

پیانو آہستہ آہستہ سمندر کے قریب پہنچتا جا رہا تھا۔ بالکونیوں سے دیکھنے والوں کو یوں لگ رہا تھا جیسے مردہ کاکروچ کو چیونٹیاں اٹھائے لے جا رہی ہیں۔

''یہ تو پاگل پن ہے۔'' ایک کھڑکی سے آواز آئی۔

''پاگل پن؟'' جوڈی نے کہا۔ ''تو تم لے لو۔ آؤ، لے جاؤ۔''

کھڑکی بند ہو گئی۔

یہ واقعہ کئی بار پیش آیا۔ بہت سے لوگوں کو پیانو کو یوں لے جا کر پانی میں بہا دینا احمقانہ عمل محسوس ہوا اور انھوں نے اس بات پر حیرت کا اظہار کیا کہ ساز کا مالک اسے اونے پونے بیچ کیوں نہیں دیتا؟ مگر جوں ہی جوڈی نے انھیں پیانو مفت پیش کیا تو وہ پیچھے ہٹ گئے۔ اتنی بڑی چیز کو کھڑے کھڑے گھر لے جانا بھی تو ممکن نہیں تھا۔

بالآخر جوڈی اس طرح کی باتوں اور تبصروں سے بے نیاز ہو کر چلنے لگا۔ اس نے فیصلہ کر لیا کہ وہ دخل در معقولات کرنے والوں سے لاتعلق رہے گا اور ان کے سوالوں کا جواب نہیں دے گا۔

ساحلی سڑک پر موٹر سائیکلوں پر سوار پولیس والوں نے جلوس کا راستہ روک لیا۔ جوڈی کو اپنے ارادہ اور منصوبے کی تفصیلات بیان کرنی پڑیں۔ ملک حالت جنگ میں تھا اور ساحلی علاقوں کی غیر معمولی نگرانی کی جا رہی تھی۔ جوڈی نے اپنا شناختی کارڈ دکھایا۔ پولیس والوں نے پیانو کو حیرت اور حقارت سے دیکھا تو جوڈی کا دل درد سے بھر گیا۔

''یہ ایک ایسا پیانو ہے جس پر برازیل کو فخر ہونا چاہیے۔'' اس نے پیانو پر یوں ہاتھ رکھا جیسے کوئی بیمار دوست کی پیشانی پر رکھتا ہے۔ ''اس جیسا ساز تیار کرنے والا فن کار آج ملک بھر میں دستیاب نہیں ہے۔ عظیم ترین موسیقار اس کی خوبیوں کے معترف رہے ہیں۔ چوپن جیسا ماہر فن اس کے سوا کسی اور پیانو کے سامنے بیٹھنے پر رضامند ہی نہیں ہوتا تھا لیکن ہر چیز کی ایک معیاد ہوتی ہے۔ یہ قانون فطرت ہے۔ اس پیانو کا وقت بھی گزر گیا۔ میری بیٹی سارا کی شادی ہونے والی ہے۔ وہ ہمارے ساتھ رہے گی۔ کمرے میں اتنی گنجائش نہیں ہے اور اس پیانو

کا اب کوئی پرستار۔۔۔کوئی خریدار نہیں۔۔۔اس کے لیے یہی ایک راستہ ہے۔'' جوڈی نے سمندر کی جانب اشارہ کیا۔

نیگرولڑکے اور راستے میں جمع ہونے والے بچے اور ساتھ آجانے والی عورتیں اور مرد جوڈی کی طویل گفتگو سے اکتا گئے۔ وہ جلد از جلد پیانو کو لہروں کے سپرد ہوتے دیکھنا چاہتے تھے۔

پولیس والوں نے پیانو کو ٹھوک بجا کر دیکھا، مگر کوئی قابل اعتراض چیز نہ پانے پر انھوں نے بھی جوڈی کو تیز چلنے کی ہدایت کی، کیوں کہ جلوس کی سست رفتاری کے باعث سڑک کی ٹریفک متاثر ہونے کا اندیشہ تھا۔ انھوں نے اپنی رفتار بڑھادی مگر وہ گھر سے نکلے ہی دیر میں تھے، کچھ ہی دیر بعد اندھیرا گہرا ہونے لگا۔ ایک ساحلی گارڈ نے انھیں بتایا کہ شام چھ بجے کے بعد انھیں سمندری حدود میں داخل ہونے کی اجازت نہیں ہے۔ انھیں کل صبح تک انتظار کرنا ہوگا۔ نیگرولڑکوں نے پیانو کو وہیں رکھ دیا اور بددلی سے گھروں کو روانہ ہوگئے۔ اب انھیں اپنا بقیہ کام کل مکمل کرنا تھا جس کے باعث ان کا معاوضہ بھی رہ گیا تھا۔

جوڈی انتہائی شکستہ دل اور خستہ حال گھر واپس پہنچا۔

آدھی رات کو میاں بیوی تیز بارش کی آواز سے اٹھ بیٹھے۔ بجلی چمک رہی تھی اور طوفان بادوباراں اپنی انتہا پر تھا۔ انھوں نے بتی روشن کی اور ایک دوسرے کو دیکھنے لگے۔

''میں پیانو کے بارے میں سوچ رہا تھا، روزیلا۔''

''میں بھی۔۔۔ بیچارہ۔۔۔ باہر بارش میں اور اتنی ٹھنڈی ہوا۔''

''ہر چیز میں پانی چلا گیا ہوگا۔ ہر چیز میں۔ پانی کو تو بس ذرا سی جگہ چاہیے ہوتی ہے اور پیانو میں ایسی بہت سی جگہیں ہوتی ہیں۔ ہے نا روزیلا؟''

''ہاں جوڈی۔ پیانو نے ہماری نسلوں کو تسکین پہنچائی تھی لیکن ہم نے اس کے ساتھ کیا سلوک کیا؟''

''چپ ہو جاؤ، روزیلا۔ خدا کے لیے چپ ہو جاؤ۔'' جوڈی کا لہجہ گلوگیر ہوگیا۔

وہ ایک دوسرے کے چہرے سے نظریں ہٹا کر کھڑکی سے باہر دیکھنے لگے۔ بجلی کی چمک میں درخت نمایاں ہوتے تو شاخیں رقص کرتے مستانوں کی طرح سر جھٹکتی دکھائی دیتیں۔ جوڈی نے خوف زدہ ہوکر دوبارہ آنکھیں موند لیں۔ لیکن کچھ ہی دیر بعد وہ چونک کر اٹھ بیٹھا۔ ''روزیلا!'' اس نے لرزتی ہوئی آواز میں کہا۔ ''مجھے پیانو کی آواز سنائی دے رہی تھی۔ میں نے ہر وہ دھن سنی جو کبھی اس پر بجائی گئی تھی۔ بہت سے ہاتھ۔۔۔ انگنت انگلیاں۔ میری دادی کے ہاتھ، میری امی کے۔ تمھاری امی کے۔ سارا کے ہاتھ اور ہماری وہ خالہ جو نیند میں چلتی تھیں، ان کی ابھری ہوئی رگوں والی انگلیاں۔ اور۔۔۔ بیک وقت بیس سے زیادہ ہاتھ۔ سو سے زیادہ انگلیاں پیانو بجا رہی تھیں۔ یقین کرو میں نے اس سے زیادہ دلکش موسیقی زندگی میں کبھی نہیں سنی۔ یہ روح پرور موسیقی تھی، روزیلا۔ مردہ انگلیاں زندہ انگلیوں سے زیادہ مہارت سے حرکت کر رہی تھیں۔ گذشتہ نسلوں کی بہت سی نوجوان لڑکیاں پیانو کے گرد کھڑی تھیں۔ وہ مکمل توجہ سے موسیقی سن رہی تھیں۔ لڑکیوں نے ان نوجوانوں کے ہاتھ تھام

رکھے تھے جن سے ان کی زمانۂ آئندہ میں شادی ہونی تھی۔ جب میں کمرے میں داخل ہوا تو انھوں نے مجھے حقارت سے دیکھا۔ میرے لیے ان کی آنکھوں میں نفرت تھی۔ مجھے دیکھتے ہی پیانو بجانے والے ہاتھ رک گئے۔ انگلیاں سمٹ گئیں۔ لیکن پیانو خاموش نہیں ہوا۔ اس میں تابوت کے پیچھے بجائی جانے والی دھن ابھرنے لگی۔ پھر کمرے میں پانی بھرنے لگا اور پیانو لہروں کے ساتھ بہنے لگا۔ سمندر کی طرف۔۔۔ میں اس کے پیچھے دوڑا مگر وہ میرے ہاتھ نہیں آیا۔ میں نے اسے آوازیں دیں۔ اس کی منتیں کیں لیکن وہ مجھ سے ناراض تھا، روزیلا اور روزیلا۔۔۔ وہ بہتا چلا گیا۔۔۔'' جوڈی کی سانس ناہموار ہوگئی تھی۔ اس کی آواز ٹوٹ رہی تھی۔ وہ دھاڑیں مارنے والا تھا۔

صبح کی روشنی پھیلتے ہی جوڈی بستر سے چھلانگ مار کر اٹھ کھڑا ہوا اور کمرے سے باہر نکل گیا۔ وہ سیاہ فاموں کے علاقے تک دوڑتا چلا گیا۔ وہ اب جلد از جلد اس مسئلے سے نجات حاصل کرنا چاہتا تھا۔ اس کی پہلی آواز پر لڑکے اس کے گرد جمع ہوگئے۔

بارش تھم چکی تھی، مگر ہوا کی تندی میں کمی نہیں آئی تھی جس کے باعث سمندر غیر معمولی طور پر بپھرا ہوا تھا۔ آج لڑکوں کے ساتھ سیاہ فاموں کی جھونپڑیوں سے بہت سے بڑی عمر کے مرد بھی نکل آئے تھے۔ ''شاباش، چلو چلیں۔'' جوڈی نے حسبِ سابق تحکمانہ لہجے میں کہا، مگر آج اس کی آواز رندھی ہوئی تھی۔

ساحل پر لڑکوں کے پاؤں ریت میں دھنسنے کے باعث پیانو کی رفتار سست اور بے ڈول ہوگئی۔ بالآخر جھاگ بنائی بپھری ہوئی لہریں اس کو چھو کر پلٹنے لگیں۔ لیکن لڑکے جوڈی کی حوصلہ افزائی پر پانی کے اندر دور تک چلے گئے، یہاں تک کہ پیانو کا بوجھ موجوں کی سپردہو گیا اور اس کی چاروں ٹانگیں زمین کی سطح سے اٹھ گئیں۔ دو بڑی لہروں نے اس کا رخ پھیر دیا۔ تیسری لہر نے اسے الٹا کر دیا اور چوتھی لہر اسے سمندر کی وسعتوں کی جانب بہا لے گئی۔

جوڈی گھنٹوں تک میں کھڑا تا حدِ نظر پیانو کو دیکھتا رہا۔ اس کا منھ غیر اختیاری طور پر کھل گیا تھا اور آنکھیں نم آلود ہو رہی تھیں۔ اگر لہروں کے چھینٹوں سے سب کے چہرے تر نہ ہو جاتے تو تمام تماشائیوں کو معلوم ہو جاتا کہ جوڈی رو رہا ہے۔

ساحل پر لوگوں کا ہجوم بڑھتا جا رہا تھا۔ ہر شخص اصل واقعہ معلوم کرنا چاہ رہا تھا۔ پہلی افواہ یہ پھیلی کہ پولینڈ کے مہاجروں کا ایک پورا خاندان ڈوب گیا ہے۔ دوسری خبر یہ تھی کہ صرف ایک آدمی تند لہروں کی بھینٹ چڑھ گیا ہے۔ چند افراد کا کہنا تھا کہ ڈوبنے والا ایک بچہ تھا جو خطرناک حد تک آگے چلا گیا تھا، جب کہ دوسروں کا اصرار تھا کہ انھوں نے خود اس عورت کو دیکھا تھا جس نے محبت میں ناکام ہو کر خود کو پانی کے سپرد کر دیا تھا۔ بہرحال شام تک سارے علاقے کو معلوم ہو گیا کہ یہ محض ایک پرانے ساز کا غیر معمولی انجام تھا۔

جوڈی زمین پر نظریں گاڑے، آہستہ آہستہ قدم اٹھاتا گھر واپس آگیا۔ اسے راستے میں طرح طرح کی باتیں سننی پڑیں، مگر وہ خاموش رہا۔

کچھ لوگوں نے اسے طعنے دیے لیکن کچھ ایسے بھی تھے جو اس کی دانش مندی اور فیصلے کی تعریف کر رہے تھے۔

''وہ چلا گیا روزیلا۔'' اس نے گھر میں داخل ہوتے ہی کہا۔ ''ہمیشہ کے لیے۔''

''جاؤ جوڈی۔'' اس کی بیوی نے پیار بھری آواز میں بولی، ''پہلے اپنے کپڑے بدل لو۔''

''اب ہم اسے کبھی نہیں دیکھیں گے روزیلا۔''

''ظاہر ہے۔ اسی لیے تو ہم نے اسے سمندر میں پھنکوایا ہے۔''

''کیا پتہ،'' سارا نے انگلی نچا کر کہا، ''وہ کسی جزیرے پر پہنچ جائے۔''

''اب اس کے بارے میں مزید کچھ سوچنا بے سود ہے۔'' روزیلا نے فیصلہ کن انداز اپنایا۔ ''جو کچھ ہونا تھا، ہو چکا۔ تم جاؤ سارا، اپنے کمرے کی صفائی شروع کر دو۔''

سارا کے جانے کے بعد کچھ دیر خاموشی رہی، مگر جوڈی کا اضطراب کم نہیں ہوا تھا۔ ''میں نے لہروں کو اسے نگلتے دیکھا۔''

''بس کرو جوڈی۔ بس کرو۔ بہت ہو گیا۔''

''ڈوبنے سے پہلے وہ دو بار سطح پر نمودار ہوا تھا۔''

''مگر اب وہ بہر حال تہہ میں بیٹھ چکا ہے۔''

''آخری لمحوں میں وہ جنازے کی دھن بجا رہا تھا۔''

''یہ دھن تم نے رات کو خواب میں سنی تھی۔''

''ہاں۔ لیکن آج تو میں نیند میں نہیں تھا۔ میں پوری طرح بیدار تھا۔ وہ عجیب سوگوار موسیقی تھی۔ جب تک وہ پوری طرح غرقاب نہیں ہوا۔ وہ اسی غم زدہ انداز میں کائنات سے مخاطب رہا۔ آخری وقت تک۔۔۔''

جوڈی سر جھکا کر گہری سوچ میں چلا گیا۔ پھر وہ خود کلامی کرنے لگا۔ ''۔۔۔اب تو وہ بہت دور جا چکا ہوگا۔ پانی کی تہہ میں۔۔۔ اسے عجیب مناظر دیکھنے کو ملیں گے۔ ڈوبے ہوئے جہاز۔۔۔ آبدوزیں۔۔۔ مچھلیاں۔۔۔ ڈھانچے۔۔۔ کل تک وہ کبھی اپنے کمرے سے نہیں نکلا تھا اور آج۔۔۔ ممکن ہے طویل عرصے بعد وہ دنیا کی دوسری طرف، کسی دور دراز جزیرے پر جا نکلے۔ ہم دنیا میں موجود نہیں ہوں گے، مگر وہ اس گھر کو اور ہمارے خاندان کے افراد کو یاد کرے گا۔''

سارا کمرے کے کونے میں اس جگہ کو دیکھ رہی تھی، جہاں سالہا سال تک پیانو موجود رہا تھا مگر اب اس کا عروسی پلنگ بچھنا تھا۔ ان کی پالتو کتیا 'ڈولی' کمرے میں داخل ہوئی اور اس جگہ کو سونگھ کر بھونکنے لگی۔ وہ پیانو کے ساتھ سویا کرتی تھی اور آج پیانو کی غیر موجودگی اسے بے چین کر رہی تھی۔ سارا کو خوشی کے ساتھ ہلکا سا احساس جرم ہوا اور وہ کمرے سے باہر چلی گئی۔

وہ ابھی کھانے کے لیے بیٹھے ہی تھے کہ گھر کی گھنٹی بجی۔ جوڈی نے دروازہ کھولا تو سامنے بندرگاہ کے

کپتان کے نمائندے کو کھڑا پایا۔ اس نے جھک کر اپنے بریف کیس سے چند کاغذات نکالے۔
''تمھارا نام جوڈی ہے؟'' اس نے سوال کیا۔
''ہاں۔''
''تم نے آج سمندر میں کیا پھینکا؟''
جوڈی کا سر چکرا گیا۔ ''بندرگاہ والوں کا اس سے کیا تعلق ہے؟''
''مسٹر جوڈی اولیوارا۔'' نمائندے نے سختی سے کہا، ''مجھے بندرگاہ اور کھلے سمندر کا فرق مت سمجھاؤ۔ یہ بتاؤ تم نے سمندر میں کیا پھینکا؟''
''کیا سمندر میں کوئی چیز پھینکنا کسی قانون کی خلاف ورزی ہے؟'' جوڈی نے مؤدبانہ لہجے میں دریافت کیا۔
''ہم حالت جنگ میں ہیں۔ ہنگامی حالات میں ہمیں اپنے ساحلوں اور بندرگاہوں پر زیادہ کڑی نظر رکھنی پڑتی ہے۔ دشمن ہر وقت تاک میں رہتا ہے۔''
''مگر وہ تو ایک معمولی سا پیانو تھا سر، ایک پرانا خاندانی ساز۔''
''تمھیں یقین ہے کہ وہ محض ایک پیانو تھا؟''
''میرا خیال ہے کہ وہ پیانو ہی تھا۔'' جوڈی نے کچھ سوچ کر جواب دیا، پھر وہ کمرے کے اندر جھانک کر با آواز بلند بولا، ''تمھارا کیا خیال ہے، روزیلا وہ محض ایک پیانو ہی تھا؟ کیوں سارا؟ وہ ایک معمولی سا پیانو ہی تھا نا؟''
روزیلا دروازے تک دوڑتی چلی آئی۔ ''تمھیں کیا ہو گیا ہے جوڈی؟'' اس نے اپنے خاوند کو کندھوں سے پکڑ کر یوں جھنجھوڑا جیسے اسے ہوش میں لانا چاہ رہی ہو۔ پھر اس نے سرکاری نمائندے سے دھیمے، مگر واضح لہجے میں کہا، ''جی ہاں جناب، وہ محض پیانو ہی تھا۔''
''میں تو سمجھتا تھا کہ آدمی جو چاہے سمندر میں پھینک سکتا ہے۔'' جوڈی یوں بولا جیسے نیند میں بڑبڑا رہا ہو۔
''اندر آ جاؤ جوڈی۔'' روزیلا کو محسوس ہوا کہ اس کے خاوند پر ہذیاتی کیفیت طاری ہو رہی ہے۔
''ٹھہرو۔'' اس نے روزیلا سے بازو چھڑایا اور دوبارہ کپتان کے نمائندے کی جانب گھوم گیا۔ ''فرض کرو میں خود کو سمندر میں پھینکنا چاہوں تو۔۔۔ تو کیا یہ بھی ممکن نہیں ہے؟''
''ممکن تو ہے۔'' نمائندے نے کہا، ''مگر یہ بھی اتنا آسان نہیں ہے۔''
''آسان کیسے نہیں ہے؟'' جوڈی کے لہجے میں تلخی آ گئی۔ ''میں اپنی زندگی کا مالک ہوں۔ چاہوں تو زندہ رہوں۔ چاہو تو۔۔۔''
سارا کے منگیتر کو آتے دیکھ کر روزیلا نے جوڈی کو اندر کھینچ لیا۔

''ہمارا کمرہ دیکھا!'' سارا نے لیفٹیننٹ کو ایک ایک چیز دکھاتے ہوئے کہا، یہاں ہم اپنی خوشگوار زندگی کی ابتدا کریں گے۔''

''بہت اچھا ہے۔'' لیفٹیننٹ نے تائید میں سر ہلاتے ہوئے کہا۔ ''مگر ہم نیا پیانو کہاں رکھیں گے؟''

''نیا پیانو؟''

''پیانو کے بغیر تو میں رہ ہی نہیں سکتا۔'' لیفٹیننٹ چاروں جانب دیکھتے ہوئے بولا۔ ''تمھیں معلوم نہیں کہ پیانو کی آواز مجھے کتنی تسکین پہنچاتی ہے۔ جو شخص سارا دن بندوقوں اور توپوں کے درمیان رہے، اسے شام کے وقت ہلکی سی کیف آور موسیقی کی کس قدر ضرورت ہوگی۔ تم جانتی ہو کہ گولیوں کی گونج اور۔۔۔''

سارا کو اپنے منگیتر کی گفتگو کے درمیان کھانسی کا دورہ پڑا۔ جوڈی گھر سے باہر نکل آیا۔ اس کا دم گھٹ رہا تھا۔ وہ تازہ ہوا میں سانس لینا چاہتا تھا۔ وہ تقدیر کی مزید ستم ظریفی نہیں سہہ سکتا تھا۔

''اس وقت تک وہ کتنا فاصلہ طے کر چکا ہوگا۔۔۔ کتنی گہرائیاں۔۔۔ کیسے کیسے نشیب و فراز۔۔۔ وہ نجات پا گیا ہے۔ کم از کم وہ مجھ سے اور سارا سے اور روزیلا سے زیادہ خوش و خرم اور آزاد ہے۔ اب وہ کسی کا پابند نہیں ہے۔ تمام محتاجیوں اور محرومیوں سے ماورا وہ چلتا چلا جا رہا ہے۔۔۔ اندیشوں سے بے نیاز، وسوسوں سے لاتعلق، ہر طرح کے خدشے سے بالاتر، وہ لامحدود کے سفر میں سرشار ہے۔۔۔ احساس زندگی سے لبریز وہ سات سمندروں کو عبور کرے گا۔ سربلند و سرفراز، اپنی خواہش، اپنی مرضی، اپنی تقدیر کا۔۔۔''

گھر کے سامنے درختوں کے جھنڈ میں نیگرو لڑکے آج کی محنت کا معاوضہ لینے کے لیے جمع تھے۔ رات کی تاریکی میں انھیں انفرادی طور پر شناخت کرنا ممکن نہیں تھا۔ اب ان سب نے آج بھی دل لگا کر کام کیا تھا اور وہ اپنی مزدوری کے حقدار تھے۔ اچانک اس گروہ سے ایک سایہ الگ ہوا اور اعتماد سے آگے بڑھنے لگا۔ سائے نے گھر کا پھاٹک کھول کر اندر قدم رکھا تو جوڈی اسے پہچان گیا۔ وہ سرخ بالوں والا شخص تھا جو ان کے گھر پہلے بھی آ چکا تھا۔

''میں پیانو کے سلسلے میں واپس آیا ہوں۔'' سرخ بالوں والے شخص نے اطمینان سے کہا۔ ''تم نے اس کی جو قیمت لگائی تھی، مجھے منظور ہے۔''

پاؤں کا اشارہ

ہورسیو کیوروگا (یوراگوئے)

ترجمہ: ستار طاہر

سر، میں چند سطور آپ کی خدمت میں بھیج رہی ہوں اور امید کرتی ہوں کہ آپ اسے اپنے نام سے شائع کرالیں گے۔ میں نے یہ درخواست آپ سے اس لیے کی ہے کہ میں جانتی ہوں کہ اگر میں نے اپنے نام سے یہ تحریر بھیجی تو اسے کوئی شائع نہ کرے گا۔

پچھلے پانچ برسوں سے میرا ٹرام پر ملازم ہوں اور اپنی اس ملازمت کی وجہ سے دن میں ایک ہی روٹ پر چلنے والی ٹرام پر سوار ہونا پڑتا ہے۔ میری عمر بیس برس ہے، میں لمبے قد کی لڑکی ہوں اور دبلی بھی نہیں ہوں۔ میری جلد بھی زیادہ بھوری اور سیاہ نہیں ہے۔ میرا دہانہ چوڑا ہے لیکن بدنما نہیں اور آنکھیں بھی چھوٹی نہیں ہیں۔ آپ اچھی طرح مردوں کی عادت جانتے ہیں کہ وہ ٹرام پر سوار ہوتے وقت عورتوں کو ضرور گھورتے ہیں اور پھر سوار ہو کر ان کے قریب پہنچنے کی بھی کوشش کرتے ہیں۔ یہ بات میں اپنے تجربے کی بنیاد پر کہہ رہی ہوں۔ کیوں کہ میں ان کے چہروں سے ان کے دل کی کتاب پڑھنے کی عادی ہو چکی ہوں۔ پانچ برس کے مسلسل تجربے نے مجھے بہت کچھ سکھایا ہے۔ بھانت بھانت کا مرد آنکھوں کے سامنے سے گزرا ہے اور بھانت بھانت کے مردوں کی آنکھوں نے جس طرح سے مجھے گھور کر دیکھا ہے، اس سے میں ہر چہرے اور نظر کو پہچان سکتی ہوں، اس لیے جب کوئی مرد ٹرام میں میرے قریب آنے کی کوشش کرتا ہے اور اپنے ارادے کو چھپانے کی کوشش بھی کرتا ہے تو میں صاف صاف بھانپ جاتی ہوں کہ وہ کیا چاہتا ہے اور یہ کہ جو شخص میری قربت حاصل کرنے کے ارادے سے میرے قریب آرہا ہے، وہ کون ہے؟ کوئی شرمیلا طالب علم یا کوئی جیب کترا؟

مرد بڑے چالاک اور حیلہ باز ہوتے ہیں۔ پہلے تو وہ یہ حرکت کرتے ہیں کہ اپنے آپ کو لڑکھڑاتے

ہوئے دکھاتے ہیں جیسے ٹرام میں ان سے اپنا توازن برقرار نہیں رکھا جارہا۔ یا پھر پھسلنے کا حیلہ بناتے ہیں کہ پاؤں پھسل گیا اور قریب آگرے۔ میں تو مردوں کے ایک ایک قدم اور ان کی اٹھان سے ان کی فطرت کا اندازہ لگالیتی ہوں کہ اب وہ قدم آگے بڑھا کر پاؤں سے پاؤں ملا کر ردعمل کا اندازہ کرنا چاہے گا، پھر ٹانگ سے ٹانگ کا ٹکراؤ اور پھر اس پر ردعمل کا انتظار۔ مردوں کے قدم تو اس طرح کی عیاری میں مصروف رہتے ہیں۔

اور چہرہ، جی ہاں، مجال ہے کہ وہ اپنے چہرے سے یہ ثابت ہونے دیں کہ وہ جو کچھ کر رہے ہیں، وہ ارادتاً کر رہے ہیں بلکہ تاثرات سے عاری احمقانہ چہرہ بنائے کھڑے نظر آئیں گے، لیکن اگر لڑکی نے کسی قسم کے ردعمل کا اظہار کیا تو وہ پھر فوراً چوکنے ہوجائیں گے اور جیسی بھی صورت حال ہوگی، اس سے نمٹنے کے لیے تیار ہوجائیں گے۔ پہلے پہل تو میں مردوں کی ان حرکتوں سے بڑا لطف اٹھاتی رہی۔ بے چارے۔ رہتے تو ناکام ہی تھے کیوں کہ میں نے انھیں کبھی گھاس نہ ڈالی تھی، لیکن پھر آہستہ آہستہ میں ان کی ان حرکتوں سے بیزار ہونے لگی۔ لیکن ان حرکتوں سے آنکھیں چرا بھی نہیں سکتی تھی کہ ٹرام پر میں ملازم ہوں اور یہ بات میں آپ کو بتا چکی ہوں۔

اپنے فرائض منصبی کی انجام دہی کے دوران روزانہ ہی میں مردوں کی فطرت کا مطالعہ کرتی رہتی ہوں اور میرے ساتھ سترہ بار واقعات ایسے ہوئے ہیں جب مرد شہہ پا کر ذرا اور قریب آنے کی کوشش کرنے لگے تو میں نے انھیں بڑی صفائی سے غچہ دے دیا۔ کسی کے بڑھتے ہوئے قدم کو دیکھ کر میں ہلکے سے مسکراتی رہی۔۔۔ جب قدم نے چھوٹا سا فاصلہ اور بھی طے کرلیا تو میری مسکراہٹ تیز ہوگئی۔ اب مرد کیا کرتا ہے، وہ بے نیاز ہو کر اوپر دیکھتے ہوئے آنکھیں جھپکتا ہے۔ پھر ٹرام کے فرش پر نظر ڈالتا ہے، اس کے بعد عورت کی طرف دیکھتا ہے یا یوں کہیے کہ ان سترہ مردوں میں سے کسی ایک نے یہ تمام حرکتیں کر کے میری طرف دیکھا ہے۔ میرے چہرے پر کسی قسم کی بیزاری یا ناراضگی کو نہ دیکھ کر وہ مسکراتا ہے، وہ دل ہی دل میں یہ اندازہ لگا رہا ہے کہ اس کے پاؤں اور میرے پاؤں کے درمیان کتنا فاصلہ ہے۔ اور پھر اپنا پاؤں اس حساب سے اٹھاتا ہے اور آگے بڑھاتا ہے کہ اس کا پاؤں میرے پاؤں یا ٹانگ سے چھو بھی جائے اور میں یہ بھی سمجھوں کہ یہ سب کچھ اتفاقیہ ہوا ہے۔ ایسے میں اس سے پہلے کہ جب مرد فاصلے کا اندازہ لگا کر آنکھیں اوپر اٹھائے اپنا قدم آگے بڑھاتا ہے تو میں اپنا پاؤں دور کھینچ چکی ہوتی ہوں اور نتیجہ؟ پھر اس مرد کا چہرہ کی حالت دیکھنے لائق ہوتا ہے۔ وہ نظریں اٹھا کر مایوسی سے میری طرف دیکھتا ہے، اِدھر میری آنکھوں میں اس کے لیے انتباہ ہوتا ہے، ایک کھلی وارننگ۔ بعض مردوں کے چہرے اتر جاتے ہیں اور بعض کھسیا جاتے ہیں، بعض فوراً نظریں چرا لیتے ہیں لیکن بعض ایسے بھی ہوتے ہیں جو شدید ردعمل کا اظہار کرتے ہوئے غصے اور ناراضگی سے گھورنے بھی لگتے ہیں اور بعض تو اس اہانت کا بھی برا مناتے ہیں اور بے دھڑک قدم آگے بڑھا دیتے ہیں۔ میں یہ سطور آپ کو اس لیے لکھ رہی ہوں کہ آپ اسے اپنے نام سے بنا سنوار کر شائع کریں تاکہ مردوں کو کچھ عقل آسکے اور وہ ایسی حرکتوں سے باز رہیں۔ میں ٹرام کے محکمہ میں ملازم ہوں اور میرے پاس خاصی نقدی بھی ہوتی ہے اور نقدی کی حفاظت کے لیے محافظوں کا انتظام بھی کیا گیا ہے۔ آپ کی تحریر میں جان ہے، آپ کا پرچہ کثیر الاشاعت ہے، ان مردوں کو مطلع کر دیجیے کہ وہ محافظ جو نقدی کی

حفاظت کرتے ہیں، وہ عورتوں کی حفاظت پر بھی مامور ہیں، وہ عورتیں جو میرے جیسی ہیں، لمبے قد کی، رنگ نہ زیادہ سیاہ نہ سفید، دہانہ چوڑا مگر بدنما، آنکھیں بھی چھوٹی نہیں۔

ایم۔آر

☆

'ڈیئر' میں آپ نے جو مراسلہ بھیجا ہے، وہ بڑا دلچسپ تھا۔ سترہ بار آپ نے مردوں کو غچہ دیا، ہر روز آپ کا سابقہ نت نئے مردوں اور ان کی حرکتوں سے پڑتا ہے۔آپ کا مراسلہ پڑھ کر میرے دل میں ایک سوال پیدا ہوا، کیا آپ اس کا جواب دینا پسند کریں گی؟ سوال یہ ہے کہ کیا آپ کا اپنا کبھی یہ جی نہیں چاہا کہ آپ کسی مرد کے پاؤں پر اپنا پاؤں بھڑا دیں؟

ایچ۔کیو

☆

ڈیئر، سچی بات یہ ہے کہ میری زندگی میں ایک بار ایسا ہوا ہے کہ میرے دل نے مجھے ترغیب دی ہے کہ میں ایک شخص کے پاؤں سے پاؤں بھڑا دوں۔ میں نے اپنا پاؤں اٹھایا اور اس مرد کے پاؤں سے بھڑا دیا۔ وہ مرد آپ تھے۔

لیکن آپ نے میرے پاؤں کے اشارے سے فائدہ اٹھانے کی کوشش ہی نہ کی تھی۔

ایم۔آر

غدار سے ملاقات

آگستو روا بستوس (پیراگوئے)

ترجمہ: محمود احمد قاضی

اخبار فروش اس کی طرف بقایا ریز گاری بڑھا رہا تھا لیکن وہ ریز گاری وصول کرنے کے لیے اپنا ہاتھ نہیں بڑھا رہا تھا۔ یا پھر یہ کہ ایسا کرنا بھول ہی گیا تھا۔ اچانک اس کی توجہ فٹ پاتھ پر چلنے والے اس شخص کی طرف مرکوز ہوگئی جو اپنے ہاتھ میں پکڑی چھڑی کو گھما رہا تھا۔ وہ اس کے پیچھے ہولیا۔ ''یہ تو وہی ہے۔'' اس نے اپنے آپ سے کہا، ''اسے وہی ہونا چاہیے۔'' پلک جھپکنے کے لمحے میں گزرے وقت کے کئی چھوٹے بڑے واقعات اس کی نگاہوں میں گھوم گئے تھے۔ اسی ایک واضح لمحے میں اس نے اسے پیچھے سے پہچان لیا تھا۔ کیوں کہ کچھ لوگ ایسے ہوتے ہیں کہ اگر انھیں دائیں بائیں آگے پیچھے کہیں سے بھی دیکھا جائے تو ہم بغیر کسی غلطی کے ان کی فوراً شناخت کر لیتے ہیں۔ اور یہی وجہ تھی کہ اس نے چشم زدن میں ہاتھ میں چھڑی لیے اس شخص کو اجنبی لوگوں کے اس ہجوم کے درمیان فوراً پہچان لیا تھا، حالاں کہ وہ اس کی طرف اپنی پشت کیے ہوئے تھے۔

لیکن دوسرے شخص نے جس کے ہاتھ میں پکڑی چھڑی ذرا سا لرز گئی تھی، اس کو پہلی ہی نظر میں پہچان لیا تھا۔ اس کی کیفیت میں یہ واضح تبدیلی کسی خوف کی بنا پر نہ تھی، نہ ہی مدہوشی کی وجہ سے اور نہ ہی حیرانی کی بنا پر تھی بلکہ اپنے خیالات کی فوری تبدیلی کی وجہ سے تھی اور جس کا حوالہ وہ گزرا ہوا وقت تھا جو اچانک سمٹ کر اس ایک لمحے میں اس کے سامنے آ گیا تھا۔ اس کی حالت اس شخص جیسی تھی جیسے غیر متوقع طور پر پھسلن والی ایسی اینٹوں پر سے گزرنا پڑ گیا ہو جنھوں نے اس کے ذہن کو بھی ہلا جلا کر رکھ دیا تھا۔ اس نے پہلے شخص کو اخبار فروش سے اخبار لے کر اسے خوب صورتی سے تین تہوں میں تبدیل کرتے دیکھ لیا تھا۔ جب اخبار پر اس کے ہاتھ کی گرفت مضبوط ہوئی تو اس نے اس کے ہاتھ کی حرکت کو محسوس کر لیا تھا۔ ''یہ تو وہی ہے۔'' یعنی چھڑی والے شخص نے بھی اپنے آپ سے

یہی الفاظ ادا کیے تھے۔ پر اس نے اپنے آپ سے مزید کہا، ''یہ ٹھیک ہے کہ یہ پہلے سے موٹا ہو گیا؟ مگر یہ وہی ہے۔''

پہلے شخص نے جس انداز سے ہاکر کو پیسے پکڑائے تھے، اسی سے اس کے بارے میں اسے یقین ہو گیا تھا۔ اس نے یہ دیکھے بغیر کہ اس دوسرے شخص نے بقایا ریزگاری واپس نہیں لی تھی، اپنے آپ سے کہا، ''اب بھی اس کی وہی شان ہے۔'' چھڑی والا شخص مڑا نہیں، یہ اس کی عادت تھی لیکن اس کی شخصیت بناوٹی نہیں تھی۔ اگر اس کے رویے میں کوئی بناوٹ جھلکتی تھی تو کہا جا سکتا تھا کہ وہ اس سے حظ حاصل کرتا تھا۔ اس کے ہاتھ میں پکڑی رنگدار چھڑی نے اب دوبارہ وہی رفتار پکڑ لی تھی۔

جو شخص اس کا پیچھا کر رہا تھا، اس نے اپنے قدم تیز کر دیے۔ پرانا قصہ جو اس کے ذہن میں محفوظ تھا اور ابھی باسی نہیں ہوا تھا، دوبارہ اپنے تمام جزئیات کے ساتھ اس کے ذہن میں زندہ ہوا اٹھا تھا۔ وہ اپنے آگے چلنے والے شخص سے آگے نکلنے کے لیے اور تیزی سے چلنے لگا تھا۔ دوسرا شخص اپنی چھڑی کی نوک کو فٹ پاتھ پر آہستہ سے رکھتے ہوئے اور اسے اپنی انگلیوں کے درمیان گھماتے ہوئے آہستگی سے اس لیے نہیں چل رہا تھا کہ وہ بوڑھا تھا بلکہ اس لیے کہ یہ اس کی پرانی عادت تھی۔

وہ شخص جو اس کا پیچھا کر رہا تھا، بڑبڑایا؛ ''بجوکا، بالکل پہلے جیسا۔'' پھر اپنے غصے پر قابو پاتے ہوئے اس نے اپنے آگے چلنے والے شخص کا تجزیہ کیا۔ وہ سیدھا اور مضبوط تھا۔ اس کے سفید ہوتے ہوئے بالوں کے نیچے اس کی گردن نوجوان جیسی تھی اور اگرچہ اس کا بایاں کندھا قدرے جھک گیا تھا اور اس کی لمبی ٹانگوں میں وہ جوانوں والی پھرتی نہ تھی مگر پھر بھی اس کا فوجی انداز ابھی باقی تھا۔ یا یہ کہ اس کے انداز میں اسی فوجی شان کی بھونڈی نقل موجود تھی۔ وہ شخص جس کے ہاتھ میں اخبار تھا، اس نے یہ بات نوٹ کی کہ اس دوسرے شخص کا سوٹ اگرچہ پرانا تھا مگر صاف ستھرا تھا اور اس نے یہ بھی دیکھا کہ اس دوسرے شخص کی چست ملٹری جیکٹ کی تراش خراش پرانے وقت کے اسٹائل سے مشابہ تھی۔ البتہ اس کے متعلق ایک بات بالکل واضح تھی کہ وہ اپنے موٹاپے کی طرف مائل جسم کی وجہ سے کھلے کھلے کپڑے پہننے پر مجبور تھا۔ پیچھا کرنے والے شخص نے اپنے ہاتھ کی پشت کو اپنے گیلے چہرے پر پھیرا۔ پسینے نے اس کی تہہ شدہ اخبار کو بھی نم آلود کر دیا۔

''وہ عین میرے پیچھے۔'' چھڑی والے شخص نے اپنے آپ سے کہا، ''میں حیران ہوں کہ اب بھی وہی کچھ ہوتا رہے گا۔ بے شک انھیں میری طرف سے ابھی تک اطمینان نہیں ہوا۔ تیس سال تک ہم ایک دوسرے کے مردہ رہے ہیں لیکن ان میں سے ایک اب اچانک زندہ ہو کر میرا پیچھا کرنے میں لگ گیا ہے۔''

دونوں اشخاص جنھیں اس کی توقع نہ تھی، اچانک ایک دوسرے کے آمنے سامنے آ گئے تھے اور اب ایک دوسرے ملک کی سڑک پر وہ زندگی کی طرف لوٹ رہے تھے۔ لیکن چھڑی ہاتھ میں لے کر چلنے والے شخص نے اچانک محسوس کیا کہ دوسرا شخص اس سارے گزرے وقت میں اس کا پیچھا کرتا رہا تھا اور سب چند قدموں کے فاصلے سے ان گزرے سالوں کی ساری اذیت اپنی تمام تر جزئیات اور وضاحت کے ساتھ دہرائی جا رہی تھی۔ یہ شخص اس

نیوز اسٹینڈ سے، جہاں وہ اتفاقاً رک گیا تھا، اس کا پیچھا نہیں کر رہا تھا بلکہ اس زمانے سے اس کے پیچھے لگا ہوا تھا جب ایک مخبر کی رپورٹ پر، اس کی بدقسمتی کا آغاز ہوا تھا، اور پھر جب اس کا کورٹ مارشل ہوا تھا اور پھر اسے ایک دور افتادہ بنجر علاقے میں واقع اس جیل خانے میں ڈال دیا گیا تھا جہاں ناریل کے درختوں کے تنے سلاخوں کی طرح تھے اور جہاں کا خشک ماحول آزادی کے لیے ایک بھونڈا مذاق تھا۔ یہ شاکو کا وہی جنگلی علاقہ تھا جو چند ماہ بعد ہی سینکڑوں ہزاروں سپاہیوں کی ہڈیوں اور گوشت کو نگلنا شروع کر دیتا تھا۔ دونوں اشخاص اس جنگ میں اتفاقیہ طور پر بچ نکلے تھے اور شاید اس طرح وہ ایک دوسری طرح کی موت کا شکار ہونے کے لیے چن لیے گئے تھے۔ اور اب پھر ان میں سے ایک دوسرے کو شکار کرنے کے چکر میں تھا، جیسے کہ کچھ بھی نہ بدلا ہو اور جیسے کہ ابھی تک اس انتقامی جذبے، نفرت اور بے وجہ بے عزتی کی تلافی ممکنہ حد تک نہ ہوئی ہے اور جو ناراضگی پر مبنی ایک ایسی لاتعلقی میں ڈھل گئی ہو اور جس کا تعلق جسمانی نہیں روحانی ہو۔

''لڑائی بند کرو۔'' ڈاکٹر نے ان کے قریب چیختے ہوئے کہا تھا، ''کیا تم نہیں دیکھ رہے کہ یہ آدمی اب مزید نہیں لڑ سکتا۔''

لیکن اس نے بغیر جذبے اور حوصلے کے محض ہٹ دھرمی کی بنا پر لڑائی جاری رکھی تھی اور اس کے پیچھے سوائے اس کے کوئی اور وجہ نہ تھی کہ وہ بس آخر تک لڑنا چاہتا تھا، جیسے کہ شرابی لوگ بعض اوقات اپنی ضد میں بہادری کا ڈھونگ رچاتے ہیں۔ اس نے اپنے خون آلود چہرے کے ایک طرف اپنا بایاں ہاتھ رکھا اور اس نے دھندلاتی ہوئی ضائع شدہ آنکھ بند رکھی۔ اپنی انگلیوں کے درمیان سے اس فضا کو دیکھا جو کہ فوکس میں نہیں آ رہی تھی اور اس نے آخری حملے کے کھنچاؤ کی شدت میں اپنے آپ کو ایک جلن آمیز اندھیرے میں ڈوبتا ہوا محسوس کیا۔ بوندا باندی میں لپٹی صبح میں تلواریں چمک رہی تھی، اردگرد کے سیاہی مائل درخت مسخ شدہ حالت میں تھے اور اس وقت تک جب تک ان کی تلواریں خون میں ڈوب نہیں گئیں اور جب تک انھوں نے لڑنا بند نہیں کیا، اس وقت تک ان کے ہتھیاروں کی جھنکار سنائی دیتی رہی، جب کہ لڑنے والے کسی راضی نامے کی امید بھی نہیں کر رہے تھے۔

لمبے قد کے سفید بالوں والے شخص نے اپنے آپ سے کہا، ''یہ ابھی تک میرا پیچھا کر رہا ہے۔'' میں مڑ کر اس کے یہاں تک پہنچنے کا انتظار نہیں کر سکتا۔ میں اس سے کیا کہوں گا؟ کیا اب اتنے سالوں کے بعد میں اس سے سچی بات کہہ پاؤں گا۔ وہ اس کا یقین نہیں کرے گا۔ سچائی بھی انسانوں کی طرح زیادہ تیزی کے ساتھ بوڑھی ہوتی چلی جاتی ہے۔ اس کے علاوہ سچائی نے کبھی کمزوروں کا ساتھ نہیں دیا۔ اور وہ موٹا ہے اور غمگین ہے۔ بس اس کے پاس صرف اس کی انا ہے۔ حتیٰ کہ اس کی نفرت بھی اب محض اس کے احساس کا ایک چکر ہے۔ اس بے چارے بندے کے لیے میں اس وقت صرف اظہار افسوس ہی کر سکتا ہوں۔ نفرت کا حوالہ تو کوئی موجودہ حقیقت ہی بن سکتی ہے۔ میری شرمندگی تو اب میری یادداشت میں بھی محفوظ نہیں رہی، کیوں کہ اب اس کا کوئی وجود ہی نہیں رہا۔ اس کا کوئی وجود ہے ہی نہیں، اور اس کا کوئی وجود پہلے بھی اس طرح بھی کبھی نہیں رہا جیسے کہ دوسری چیزوں کے حوالے سے ہوتا ہے۔ اگر میں مڑ کر اس دیکھوں تو اس سے کیا کہہ سکتا ہوں؟

''غدار گھٹیا مخبر۔'' خاموش تماشائیوں میں سے ایک نے اپنا ہاتھ لہراتے ہوئے چیخ کر کہا تھا۔ وہ اس شخص سے مخاطب تھا جس نے اس کے خیال میں اپنے ساتھیوں کے ساتھ غداری کے عوض اپنی آزادی خریدی اور اب وہاں کھڑا خاموشی کے ساتھ ان کے خلاف شہادت دے رہا تھا اور جس نے اس سے پہلے کبھی ان اپنے باغی تحریک کے ساتھیوں کے خلاف کبھی ایک لفظ بھی نہیں کہا تھا۔ چاروں طرف ذلت کا شور تھا۔ جج نے میز پر اپنا ہتھوڑا بجایا تو وہاں رکھے کاغذ ادھر اُدھر اڑنے لگے اور وہ پھر اپنی کرسی کی پشت سے لگ کر بیٹھ گیا۔ ایک شخص کی مستقل خاموشی اور دوسروں کے شور کی وجہ سے جج سخت غصے میں معلوم ہوتا تھا۔ باقی کے سارے ملزمان نہایت مضطرب حالت میں بنچوں پر بیٹھے تھے۔ ان میں خاص طور پر وہ شخص زیادہ مضطرب تھا جس کے بھائی کے خلاف الزام عائد کیا گیا تھا۔ اس کا سر جھکا ہوا تھا۔ وہ ایک بھاری بوجھ تلے دبا ہوا محسوس ہو رہا تھا جیسے کہ اپنے بھائی پر عائد ہونے والے الزام کی ذلت کو صرف وہی بھگت رہا ہو۔ لیکن وہاں موجود ہر شخص ہی اس ملزم کی جانب دیکھ رہا تھا جو شاید اپنے خلاف ہونے والی باتوں کو سن ہی نہیں رہا تھا۔ وہ نہایت پُرسکون انداز میں بیرکوں کی دیواروں کے ساتھ ہوا میں جھولتی درختوں کی شاخوں کو گھور رہا تھا۔

چھڑی والے شخص نے اپنے خیالات سے باہر آتے ہوئے اپنی رفتار کم کرتے ہوئے اپنے آپ سے کہا، ''اس دن کے بعد سے ان میں سے ایک سے زیادہ آدمی میرے پیچھے لگ رہے ہیں۔'' جنگ شاید کافی نہیں تھی۔ چاؤس میں بغیر کسی مقصد کے ایک لاکھ آدمی مارے گئے تھے۔ فتح کی پریڈ کے صرف ایک دن بعد یہ لغو لڑائی جو محض دو بھوتوں کے درمیان تھی، شاکو کے سنگلاخ سورج کی گرمی میں سڑ رہی تھی اور پھر دوبارہ یہی لڑائی نئے انقلابات، بغاوتوں اور سازشوں کے ایک نہ ختم ہونے والے دور کے ساتھ شروع ہوئی جس کے اپنے ہیرو اور اپنے غدار تھے۔ کل کے جلاد آج کے مجرم تھے اور آج کے مجرم کل کے جلاد تھے۔ اسے وہ کرنل یاد تھا جس نے کورٹ مارشل کی کاروائی کی سربراہی کی تھی۔ جنگ کے بعد چند بیرکوں میں ہونے والی بغاوت کے الزام میں اسے بھی جیل بھیج دیا گیا تھا جہاں غصے اور نفرت سے بھرے ننگے گاؤں والے گارڈ اسے ہر صبح لوہے کی تار کے ٹکڑوں سے مارتے تھے۔ آخر کار کرنل پاگل ہو گیا اور پھر وہ چمڑے کے موٹے تسموں میں لپٹا، جسم پر نئے زخم لیے مکھیوں کے جلوس میں اِدھر اُدھر آوارہ پھرتا سمجھ میں نہ آنے والے بے مزہ گیت گاتا رہتا تھا۔''

اس کے ہاتھ میں پکڑی چھڑی لرزسی گئی تھی لیکن ہر قدم کے ساتھ اس کی رفتار میں کمی آتی جا رہی تھی جیسے کہ اس کا پیچھا کرنے والا شخص ابھی اس پر جھپٹ پڑے گا اور عین اس کے سامنے آ جائے گا۔

''بڑی مدت سے ایک سے زیادہ اشخاص میرا پیچھا کر رہے ہیں۔'' چھڑی والے شخص نے اپنے آپ سے کہا، ''میرے ساتھی ۔۔۔ میرے سابقہ ساتھی ۔۔۔ یہ وہی ہیں جو مجھے ابھی تک نہیں بھولے۔ ان میں سے کچھ مجھے دیکھ کر اپنے کندھے ہلاتے ہوئے، مجھ سے دوبدو ہونے کے خیال کو اپنے ذہن میں لاتے ہوئے پاس سے گزر جاتے ہیں۔ بہت سارا وقت گزر چکا ہے۔ وہ اپنی شکل دکھاتے ہیں اور میری شرمندگی مجھے ایک بت کی صورت میں تبدیل کرتی رہتی ہے۔ ایک طرح سے اس لڑائی نے اس چیلنج کی حقیقت نے میری زندگی کو بحال نہیں

ہونے دیا۔ کیوں کہ ایک لعنتی شخص کے ساتھ کون لڑ سکتا ہے۔ بے شک، میں اپنے سابقہ سینتیس (۳۷) ساتھیوں سے کبھی بھی لڑنے کے قابل نہیں ہو سکتا۔ لیکن یہ جو شخص ہے اس کا غصہ ابھی تک ٹھنڈا نہیں ہوا۔ یہ بہت پُر جوش اور ناراض شخص تھا۔ اب اس کے پاس سوائے اس کی انا کے کچھ نہیں رہ گیا۔ اس کے پاس صرف وہ علم ہے جس نے اس کی زندگی کو دوسروں کی موت سے کم ہی نقصان پہنچایا ہے۔ اسے یقین کامل ہے اور وہ ابھی تک یقین کیے جا رہا ہے کہ میں۔۔۔

وہ شخص ایک دم تیزی سے چلنے لگا، پھر اچانک مڑ کر اس کے سامنے آ گیا۔ وہ نہایت پُر جوش انداز میں وہ اخبار لہرا رہا تھا جو کہ ایک طرف سے مڑا ہوا تھا۔ وہ شخص جس کا پیچھا کیا جا رہا تھا، وہ بھی رک گیا۔ وہ تھوڑا سا مڑا، اس نے اپنے ہاتھ میں پکڑی چھڑی کو اپنے پیچھے رکھا اور اپنے دونوں ہاتھوں کو اپنی کمر پر باندھ کر اس کے سہارے کھڑا ہو گیا۔

''تم جانتے ہو، میں کون ہوں؟'' وہ بڑبڑایا۔

''ظاہر ہے۔''

دونوں ایک دوسرے کو گھورنے لگے۔ پیچھا کرنے والے شخص کی آنکھوں میں وہ نفرت تھی جس نے اس کی آنکھوں کے رنگ کو خون آلود کر دیا تھا۔ پیچھا کیے جانے والے شخص کی ایک آنکھ ہی زندہ تھی دوسری نہیں، لیکن وہ رحم دل اور روادار نظر آتا تھا۔ حالاں کہ وہ دوسرے شخص سے اپنے جذبات پوشیدہ رکھنے کی کوشش کر رہا تھا۔

''غدار۔ گھٹیا۔ مخبر۔''

یہ الفاظ جو کہ وقت کے ساتھ ساتھ کھوکھلے ہو چکے تھے، اور اب اس پرانے عدالتی کمرے کی محض باز گشت لگ رہے تھے، ایک بار پھر اس پر کوئی خاص ردِ عمل ظاہر نہ کر سکے۔ لیکن اچانک پھر تیس سالوں کا فاصلہ طے کرتے ہوئے وہ تہہ کیا ہوا اخبار ایک کوڑے کی طرح اپنے مدمقابل پر برسا۔ دوسرے شخص کی مصنوعی آنکھ اس کی چوٹ سے باہر نکل آئی اور فٹ پاتھ پر گر کر چند انچوں کے فاصلے پر موجود ایک دراڑ میں جا رکی۔

حملہ آور کا ہاتھ آنکھ کے اس طرح اپنے خانے سے گرنے کی وجہ سے وہیں ہوا میں رک گیا تھا، اس اچانک ردِ عمل کی وجہ سے اس کا غصہ بھی ختم ہو گیا تھا۔ اس کے چہرے پر چھائے غصے اور نفرت کے آثار بھی معدوم ہونے لگے تھے۔ اس کا یہ نیا اظہار شاید اس مزاحیہ سچویشن کی بنا پر تھا یا پھر اس کے پیچھے شاید اس کا رحم دلی کا جذبہ کار فرما تھا۔ اور ایسی عظمت کا مظاہرہ انسان صرف اسی وقت کر سکتا ہے جب اس کا واسطہ کسی ایسی ہی بڑی بد نصیبی سے پڑتا ہے۔

اس پہلے شخص کے لیے اس مڑے تڑے اخبار کی محض چوٹ سے آنکھ کا اپنے خانے سے باہر آ جانا ایک اچنبھے کی بات تھی اور اسی لیے وہ اس نیچے گری ہوئی آنکھ کی طرف دیکھے بغیر نہیں رہ سکا۔ جب وہ اپنے دشمن کی طرف مڑا تو وہ ایسی حیران کن بیچارگی سے دو چار ہوا جو صرف اس وقت پیدا ہوتی ہے جب آپس میں ملنے والے دو اشخاص ایک دوسرے کو پہچان نہ پا رہے ہوں۔

اور اب تیس سالوں بعد وہ دوسرا شخص کیسے یہ وضاحت کرنے کی کوشش کر سکتا تھا کہ مجروح وہ نہیں بلکہ 'اس' کا بھائی تھا جو ایک ہیرو کے طور پر شاکو میں مر چکا تھا۔ اور وہ خود البتہ اس سارے عرصے میں ایک ملامتی شخص کی طرح زندہ رہا تھا۔ اس کے اپنے راز کی طرح یہ فرق کچھ اتنا زیادہ نہیں تھا۔ اب بھلا وہ کس طرح اس بات کی وضاحت کر سکتا تھا کہ جو رول اس نے ادا کیا، اس سے وہ خوب لطف اندوز ہوا تھا؟

پہلا شخص مٹی میں پڑی آنکھ کو اٹھاتے ہوئے معافی مانگنے کے انداز میں ہکلا رہا تھا۔

''رہنے دو،'' چھڑی والے شخص نے کہا، ''میرے پاس دوسری اس طرح کی کئی ہیں، اور ویسے بھی اب یہ پرانی ہو چکی تھی۔''

چند متجسس راہ گیروں نے ان کے گرد گھیرا ڈال لیا تھا۔ دونوں نے تماشائیوں کو ایک طرف ہٹایا اور اپنے اپنے راستوں پر چل دیے۔

اس سیریز کی دیگر کتابیں

جنوبی ایشیا سے کچھ افسانے

جنوب مشرقی ایشیا سے کچھ افسانے

مغربی ایشیا سے کچھ افسانے

مشرق وسطیٰ سے کچھ افسانے

مغربی یورپ سے کچھ افسانے

شمالی یورپ سے کچھ افسانے

جنوبی یورپ سے کچھ افسانے

کچھ امریکی افسانے

شمالی امریکہ سے کچھ افسانے

جنوبی امریکہ سے کچھ افسانے

کچھ افریقی افسانے

اشعر نجمی کی کچھ اور کتابیں

مزاحمتی نظمیں (انتخاب)

مزاحمتی فکشن (انتخاب)

فکری مزاحمت کے پہلو

ادبی مزاحمت کا نیا پیش لفظ

نسائی مزاحمت

صحافتی مزاحمت

ثقافتی مزاحمت اور معاشرہ

راشٹر واد کی آڑ میں

مصنوعی ذہانت اور ہم